이제는
안
우울
합니다만

이제는
안
우울
합니다만

초판 1 쇄 2022년 10월 25일
지 은 이 이진솔
펴 낸 곳 하모니북

출판등록 2018년 5월 2일 제 2018-0000-68호
이 메 일 harmony.book1@gmail.com
전화번호 02-2671-5663
팩   스 02-2671-5662

ISBN 979-11-6747-068-3 03810
ⓒ 이진솔, 2022, Printed in Korea

값 15,000원

이 도서의 국립중앙도서관 출판예정도서목록(CIP)은 서지정보유통지원시스템 홈페이지
(http://seoji.nl.go.kr)와 국가자료공동목록시스템(http://www.nl.go.kr/kolisnet)에서 이용
하실 수 있습니다.

이제는
안
우울
합니다만

이진솔 지음

harmonybook

이 글을 쓴 이유

어느 날 나는 새롭게 알게 된 사람에게 나를 설명해야 할 일이 있었다. 난 나의 전반적인 기분이자 감정인 '우울'에 대해 설명하려고 애썼다. '아무것도 하지 않는데, 아무것도 하기 싫고. 집에 있는데도, 집에 가고 싶은 기분이 뭔지 아냐'고 질문했다. 그분은 그런 게 대체 뭐냐는 반응을 보였다. 그랬다. 의사나 상담사를 제외하고는 대부분 이런 반응이었다. 일반인에게는 공감받을 수가 없어서 나는 이 기분과 상태를 제대로 표현해야 할 필요성을 느꼈다.

또 한편 단순한 우울이 아닌 병적인 우울감을 느끼고 있음에도, 자신이 병에 걸렸다고 지각하지 못하고 힘들어하는 사람들을 위해서 글을 써야겠다고 생각했다. 그런 분들은 일단 지금 상황도 힘든데 자신의 상황을 정의할 수 없어서 혼란스럽다. 나도 내 병을 인식하기 전에는 방황을 많이 했다. 왜 다른 사람들은 그냥 넘어가는 일을 나는 계속해서 곱씹고 있는 걸까. 내가 정말 나약한 것일까. 그렇게 자책하는 일을 많이 했다. 이제보니 아니다. 그것은 우울증 때문이다.

나는 꽤 좋아졌다. 스스로 우울에 빠지지 않기 위한 노력을 하고 있다는 게 그 증거다. 점차 스스로 감정을 돌보고 다스리게 됐다. 그리고 오늘이 너무나 행복하다. 순간이 너무나 즐거웠다. 삶이 더 이상 우울하지 않았다. 이런 성과를 얻는 것은 쉽지 않았다. 하루아침에 되는 일이 아니었다. 내가 이 우울의 터널을 건너가는 건 10년이 걸렸다.

이 글은 일반인에게는 우울증의 고통이 얼마나 힘든 것인지 알리기 위해서, 우울증을 겪는 분에게는 공감과 위로를 전하고 싶어서 썼다. 내가 전하고 싶은 메시지는 궁극적으로 이것이다. 기나긴 여정이었지만, 우울증은 나을 수 있는 병이다.

또한 이 글을 읽고 계시는 분 중에서, 자신의 우울함이 단순한 우울한 기분의 문제인 것인지 아니면 불가항력적으로 찾아오는 우울함인지 생각해봤으면 좋겠다. 만일 후자라면 나 자신을 이상하게 생각할 것이 아니라 '내가 지금 많이 아프구나'라고 먼저 걱정해주고 병원에 가서 전문의와 상담을 받아보기를 꼭 권한다.

3. 고군분투기

4. 나아지기

5. 우울증 이해하기

6. 우울증 극복 방법

7. 마무리하며

1. 우울의 터널

01. 이해가 안 될걸요

"밤에 뭘 그리 먹냐?"

새벽 사이에 음식을 배달시켜 먹는 나를 보고 누군가가 한 소리 했다.

"그렇게 먹고 나서 억지로 토를 한다고?"

정말 이해가 안 된다는 식으로 말했다.

"왜 그러는 건데 대체?"

"우울증 때문이야."

나는 이렇게 말하기가 싫었다. 이 상황이 스스로 떳떳한 상황이 아니기 때문이었다.

"그거 의지 문제 아니야? 그리고 너무 노력 안 하는 거 아니야?"

우울증 때문이라고 하자, 그 사람은 내가 상상할 수 있는 최악의 반응을 했다. 나는 더 이상 말하기 싫었다. 나는 다리가 부러져서 아픈 것과 비슷한 일을 겪고 있다. 그것과 의지와는 전혀 상관없는 일이다.

의지로 고통을 참고, 걸을 수는 있어도 아프지 않은 게 아니란 말이다. 병에 대해 잘 이해하고 있는 의사 중 한 분은 내가 의지가 굉장한 거라고 했다. 극도의 우울을 앓으면서 일상생활을 하고 사람을 만나고 꿈을 향해 간다는 것은 대단한 일이라고 하셨다. 나는 그동안 고군분투한 내 노력이 무시당하자 억울했다.

"나에 대해 무얼 안다고. 내가 무슨 생각하는지. 내가 어떤 일을 겪었는지. 어떤 생각을 했는지. 어떤 마음으로 살아오는 건지 아무것도 모르면서!"

나는 그렇게 항변했다.

"살기 싫다고. 삶이 무의미하게 느껴지고 별 볼 일 없다고 느껴지고 숨 쉬는 것도 싫고 하루하루 매초 시간이 흐르는 것도 진절머리 나!"

"뭐 때문에 그렇게 된 건데? 뭐가 그렇게 힘들었는데!?"

"못생기고 집도 가난하고 부모는 이혼했지, 친구도 없고 돈도 없고!"

"그만하면 누구나 겪을 수 있는 평범한 문제지!"

난 기가 찼다. 대체 말싸움을 하자는 건가? 논리 싸움에서 이기고 싶은 건가? 이 사람의 의도가 난 이해가 가질 않았다.

"그건 내가 느끼는 부분이고 감정은 주관적인 거고 그걸 슬프게 느끼는 사람도 있고 덜 슬프게 느끼는 사람이 있고! 다른 사람도 아프다고 해서 내 아픔이 사라지는 건 아니잖아!"

나는 바락바락 소리쳤다. 물론 이 사람의 의도는 안다. 내가 나아지기를 바랐기 때문에, 옆에서 보고 있자니 답답해서 그런 말을 한 것이다.

사실 맞는 말이다. 슬픈 일이 있고 안 좋은 일이 있다면, 그것에 대해서 누군가에게 털어놓거나 문제를 직접적으로 해결하려고 노력하면 된다. 하지만 나는 우울하거나 기분이 나쁘면 무언가를 먹어댔다. 그리고 기본적으로 살아 있다는 사실에서 극도의 피로감을 느꼈다. 하지만 주위에 나와 같은 증상을 호소하는 사람은 드물었다. 나는 내가 이상한 사람이라고 느껴졌다.

02. 일반인과는 다른 생각

내 표정이 딱딱하게 굳어 있는 것을 본 사람들은 나에게 다가와 질문을 한다.

"왜 그래?"

"지금 기분이 안 좋아. 슬퍼."

그러면 이따금 듣게 되는 질문이 이것이었다.

"무슨 일 있어?"

나는 이 질문이 왜 나오는지 이해가 안 됐다.

"아니, 아무 일 없어."

"그러면 왜 슬퍼?"

나는 전혀 대화가 되지 않을 거라는 생각이 들어서 입을 닫아버렸다. 적어도 그들의 말을 통해서 짐작할 수 있는 것은 1. 대부분 사람들은 무슨 일이 생겨야 슬픔을 느낀다. 2. 즉 아무 일이 없으면 좋은 기분을 유지한다는 것이다.

그 사실은 나에게 굉장히 충격적이었다. 아무 일이 없으면 평소에 좋은 기분이라니. 무슨 일이 있어야만 기분이 나빠지다니. 나는 그냥 오늘 눈을 뜨기만 해도 기분이 안 좋았는데! 사람을 만나도 우울하고 지루하고 무기력하고 죽고 싶기만 했는데. 아무것에도 흥미가 생기지 않았는데. 당장이고 도망치고 싶은 생각만 들었는데. 하루하루 살아가는 게 지옥 같은 기분이었는데! 나는 이해가 되지 않았다. 다른 사람들은 기본적으로 웃고 떠든다. 그러다가 기분이 안 좋으면 더 적극적으로 무언가를 하면서 기분 전환을 하려 한다. 나에게는 그것이 너무나 충격적이었다. 그래서 나는 내 머릿속의 호르몬이 잘못돼도 단단히 잘못됐다고 생각했다. 사람 머릿속에는 기분을 좋게 해주는 호르몬이 분비되는데 나는 아예 한 방울도 나오지 않는 게 아닐까 하는 생각을 했다.

어떤 한 어른이 나와 친구에게 질문했다. 인생에 있어서 슬픈 일이 더 많은 것 같냐 아니면 즐거운 일이 더 많은 것 같냐고 말이다. 그 질문을 듣던 친구는 자신 있게 대답했다. "즐거운 일이요." 나는 질문에 대답하지 않았다. 속으로 생각했다. '나는 늘 슬프고 우울해요.' 그런 일을 통해서 나와 보통 사람들의 생각이 다르다는 걸 느꼈다.

365일 중에 슬픈 날을 꼽자면 365일이었다. 아침에 잠시 기분이 좋다가도 저녁이 되면 우울해지곤 했다. 무기력한 상태가 지속됐다. 한참 우울함에 빠져서 허우적거렸다. 언제 어느 때쯤 밀어닥치는지도 가늠할 수 없이 무방비하게 공격당했다. 우울하고 슬프고 부정적인 감정은 쓰나미처럼 몰려왔다. 이 쓰나미는 예보가 없다. 언제 어디서 몰려올지 모르고, 어느 정도의 양으로 오는지도 몰랐다. 그래서 나는 무방비하게, 아무 대책 없이 쓰나미가 몰려오면 몰려 오는 대로 휩쓸려야 했다.

난 스스로 감정을 통제할 수가 없었다.

널뛰기하는 이 감정을 어떻게 할 수가 없었다. 불에 탄 너무 장작을 손에 쥐고 있는 느낌이었다. 뜨겁고 놀라서 어떻게 해야 할지 모르는, 당장 불을 꺼버려야지 하는 생각밖에 들지 않았다.

03. 내가 우울증에 대해서 말할 수 있는 이유

전공을 이야기하기 전에 먼저 배경 설명이 필요하다. '1만 시간의 법칙'이라는 책이 있었다. 1만 시간을 투자하면 한 분야의 전문가가 될 수 있다는 그런 내용이다. 하루 3시간씩이면 1만 시간은 대략 10년 정도라고 한다.

나는 10년 넘게 이걸 공부하고 있었고 24시간 내내 붙어 있었으니 1만 시간은 훌쩍 뛰어넘었을 것이다. 내가 10년을 넘게 한 일은 오직 하나밖에 없었다.

'우울하기'

전공과 특기란에 이렇게 적어야겠다.

10대 후반과 20대 전체를 우울함을 달고 살았다. 고등학교부터 시작된 우울증 증세는 대학교에 입학할 때 심해졌다. 학교에 가도 아무런 흥미가 생기지 않았고 수업에 집중할 수가 없었다. 하루하루가 버겁게만 느껴졌고 삶을 지속하는 일이 혐오스럽기까지 했다. 그런 정신에서 대학 공부도 교우관계도 좋을 리가 없었다. 결석과 지각을 밥먹듯이 했다. 학점은 눈 좋은 사람의 시력 정도로 나올 때도 있었다. 휴학 찬스도 쓸 수 있을 만큼 다 썼다. 그래서 대학교를 졸업하는 데 6년이 걸렸다. (동생은 이를 보고 대학교를 초등학교로 다니냐며 놀려댔다.) 졸업 후에도 별다른 기술이 있는 건 아니었다. 나는 우울해하고 우울한 걸 일기로 쓰고 폭식하고 구토하고 그게 10년 넘게 내가 한 일의 전부였다. 그러니 딱히 좋은 곳에 취직할 수가 없었다. 아래와 같은 이 세계의 미션은 생각조차 할 수가 없었다.

1단계, 좋은 학교를 좋은 성적으로 졸업하시오.
2단계, 대기업에 들어가거나 공무원이 되십시오.
3단계, 좋은 배우자를 만나 성대한 결혼식을 치르십시오.
4단계, 내 집을 마련하시오.

하루가 버거운 내게 이것들은 내가 할 수 있는 영역이 아니었다. 사람은 왜 사는지, 왜 살아가야 하는지. 왜 이렇게 현실은 고통스러운지. 왜 이렇게 외로운 것인지. 왜 이토록 앞날이 깜깜해 보이고 희망이 없어 보이는지 이런 내적인 문제들 때문에 20대 초반, 중반까지도 그 나이대 또래들의 관심사를 가질 수도 없었고, 일상적인 생활도 할 수가 없었다. 27살에 취업을 한 회사에서 내 선임은 물었다. "휴학하는 동안 뭐 했는데?" 그 사람은 나와 같은 대학교를 나왔는데 중국 유학도 갔다 오고 사회생활도 하고 열심히 살아오신 분이었다. 휴학 동안 뭐 했냐는 질문에 "우울해하며 바닥과 한 몸이 되어 있었죠." 라고 말하고 싶었으나 최대한 돌려서 "자아 성찰을 했어요."라고 말했다. 내 말을 듣던 선임은 코웃음을 쳤다. 다른 친구들이 사회적 스펙을 쌓고 사회 경험을 하고 있을 시기 나는 계속해서 우울증 스펙만 쌓아갔다. 그러다 보니 우울증에 대해서 할 말이 많은 것이다.

04. 나의 일상

29살, 대학교에서 연락이 왔다. 이제와서 보니 학점이 모자라다는 것이었다. 나는 대학교에 다시 간다. 언제나 졸업할 수 있을까. 그런 생각을 하면서 눈을 떴다. 아이보리색 내 방 천장이 보인다. 아, 꿈이었다. 맞다, 나 졸업했었지. 남자들이 군대에 돌아가는 악몽을 꾸듯 나는 대학교로 돌아가는 꿈을 꾸곤 한다.

이제 일어나야 할 시간이다. 나는 베개에 얼굴을 묻는다. 햇살을 무시할 수 있도록 이불을 끌어 올린다. 아무것도 하기 싫다. 오늘 하루가 왜 왔는지. 너무나 지겨웠다. 야속했다. 무언가 탈출방안이라도 마련해서 가져왔으면 좋으련만 다음날은 대책 없이 오고야 말았다. 7시에 맞추어 놓은 알람을 꺼버리고는 그래도 눕는다. 7시 30분. 그래도 누워 있는다. 7시 50분. 나는 그제야 일어난다. 씻고 택시를 타고 가면 딱 9시에 회사에 도착할 수 있는 시간이었다. 새벽녘에 시켜 먹은 음식들을 대충 정리하고 황급히 씻고 난 후에 집을 나선다. 미리 어플로 준비한 택시가 집 앞에 도착했다. 나는 택시에 몸을 싣고 회사로 향한다.

9시. 옆의 여직원에 나에게 눈치를 주지만 나는 무시했다. 정각에 왔지만 이보다 더 빨리 오라고 요구하기 때문이다. 하지만 나는 살짝 무시해주고 내 자리에 앉았다. 가방에서 약을 꺼냈다. 우울증약이다. 약을 입에 털어놓고선 메일함을 켠다. 그 전날 밤에 도착한 메일들이 수두룩하다. 대부분 나와는 관련 없는 메일이다. 주로 팀장들이 주고받는 내용들이었고 수신이 나에게로 오는 건 거의 없었다. 메일함을 정리하고 났더니 오늘 할 일은 없다.

내가 해주는 일은 굉장히 단순한데, 회사에 소속된 직원들이 출입국을 할 때 필요한 수속을 조금 도와주면 되는 거였다. 담당하는 여행사에 전화를 걸어서 적절한 항공편을 알아달라고 부탁하면 여행사에서 알아서 예약해준다. 나는 그렇게 예약했다고만 전달하면 되는 일이었다. 나머지 일들은 회사 오너가 시킨 자잘한 심부름을 해주는 일이었다. 차를 주든가. 더러워진 테이블을 닦아주던가. 휴대폰을 잘 다루지 못하는 나이 든 오너를 위해 휴대폰 문자를 대신 쳐주는 일이라든가.

내가 그 일을 하는 이유는 딱히 할 수 있는 일이 없어서였다. 나는 대학교 전공을 이수했지만, 성적이 좋지도 않고 학교를 대충 다니는 바람에 할 줄 아는 게 없었다. 그렇게 아무 일 없이 점심을 먹고, 또 아무 일 없이 보낸다. 6시가 되면 퇴근했다. 버스에 몸을 싣고 집으로 온다. 눕는다. 그 천장이다. 아이보리색 벽지와 하얀 형광등. 경멸스럽다. 질린다. 외롭다. 살고 싶지 않다. 아무것도 하기 싫다. 숨 쉬고 있는 것이 질린다고 느껴진다.

05. 죽고 싶어서 찾아간 곳

푹신한 침대와 의자가 놓여 있는 깔끔한 방이었다. 문이 열리고 30대 후반으로 보이는 여자가 들어와 인사를 했다.

"어떻게 오셨나요?"

여자가 물었다.

"죽고 싶어서요."

나는 아무 감정 없이 담담하게 말했다. 죽고 싶어서 여기를 왔다니. 아이러니한 일이다. 물론 여기가 어딘지 몰라서 온 건 아니었다.

죽고 싶을 때 찾아가야 할 곳이 어디에 있는지 나는 정말 잘 알고 있다고 자부할 수 있다. 난 부산의 끝자락에 있는 태종대라는 곳에서 자랐다. 그곳에는 수직으로 깎아진 암석을 볼 수 있는 절벽이 있었다. 절벽 아래로는 푸른 바다가 펼쳐졌다. 그런데 동네 사람들은 그곳을 '자살바위'라고 불렀다. 경치는 아름답지만 안타깝게도 실제로 많은 사람이 그 절벽에서 뛰어내려서 붙은 이름이었다.

그곳에는 자살을 막기 위한 시도도 있었다. 자살을 마음먹은 이에게 어머니의 사랑을 생각하라며, 푸근한 어머니와 안겨있는 어린 아들의 모습을 한 석상이 놓여있기도 했다. 그 석상을 보고 실제로 어머니의 사랑을 생각할 수 있을지는 잘 모르겠다.

어렸을 적에 난 가끔 거기에서 누군가가 뛰어내렸다는 소리를 들었다. 어린 나는 죽음과 자살이라는 단어가 주는 무게나 의미에 대해 알지 못했던 터라 무심하게 흘려들었다. 자갈마당 해안가로 이름 모를 여자의 시신이 떠내려 왔다며 마을 사람들이 수군댔을 때도 그냥 그런가 보다 하고 생각했다.

그런데 그때는 몰랐는데, 지금은 왜 사람들이 그곳에서 뛰어 내렸는지 알 수 있었다.

하여튼 '죽고 싶다'는 마음이 들 정도면, 찾아가야 할 곳은 자살바위

나 한강 다리나 어디 건물의 옥상 그런 곳이어야 했던 것 아닐까.

하지만 내가 정작 죽고 싶어 찾아간 곳은 푹신한 소파가 놓인 깔끔한 상담실이었다. 여기에는 날카로운 칼도 없었고 목을 맬 단단한 끈도 없었다.

내가 찾아간 곳은 정신과의원이었다.

죽고 싶으면 죽으면 됐지. 왜 여기에 온 걸까. 죽고 싶었지만 죽을 수 없는 이유가 있었다. 의사는 나의 얘기를 찬찬히 듣더니 이렇게 물었다.

"어떻게 지금까지 버틸 수 있었어요?"

나는 그 질문에 부끄러워하며 입을 열었다. 내가 죽지 않은 이유는 어릴 적부터 들어왔던 하나의 이야기 때문이다.

'자살 하면 지옥 가.'

어릴 적 크리스마스 때 친구의 꼬임에 넘어가 갔던 교회. 좋아하는 남자아이가 알고 봤더니 목사님 아들이어서 따라간 교회. 그 교회에서 하는 말이 '자살하면 지옥 간다'라고 했기 때문이다. 신이 있는지 없는지는 정확히 내가 뭐라 할 수 없는 입장이었으나 난 한 가지는 확실하게 믿었다.

아니, 알았다.

지옥은 있을 거라고. 실제로 부글거리는 용광로 속에 집어 던져져 몸이 녹아내리는 그런 상상 속의 지옥은 모르겠고. 심리적인 지옥, 영혼의 고통이 계속되는 지옥은 있을 거라고, 생각했다.

왜냐면, 지금 그랬으니까. 지금 지옥에 있으니까.

차라리 사후세계가 없어서 신체가 사라지면 마음의 고통도 사라지는 거면 좋다고 느꼈다. 하지만 그게 아니라면 어떡하지? 이에 대해서 아무도 뾰족한 답을 내릴 수가 없었다. 죽음 이후에 무엇이 있는지는 아무도 몰랐으니까.

나는 합리적으로 생각해야겠다. 최악을 피하는 것이 나에게 가장 좋은 선택이라고 생각했다. 지금 겪고 있는 이 고통보다 더 끔찍한 고통이 있으면 어떡하지? 적어도 그것만은 피해야 한다. 그런 생각으로 나는 지금까지 버텨왔다.

누군가는 비웃을지 모르는 나의 한낱 이 믿음 때문에, 나는 어쨌거나 자연사 혹은 사고 및 질병으로 인한 사망 (나의 의도가 개입되지 않은 사망)이 되어야 한다고 생각했다. 그런데 나는 한시라도 살아가기 싫었다. 목적과 현재의 욕구가 상충하자 어떻게든 해결해야겠다 싶었고 정신과의원을 찾아간 것이다.

의사는 지금까지 내가 살아있는 이유에 대해서, 즉 죽음을 선택하지 않은 이유를 듣자 고개를 끄덕였다.

의사가 입을 열었다. 으레 하는 말을 할 거라고 생각했다. '자살이 잘못된 것이고 죄악스러운 것'이며 '자기 자신을 죽이는 일'이라든지 '당신은 소중한 사람이에요. 사랑받기 위해서 태어난 사람이에요.'라던가 '가족을 생각하세요'라던가. 그런 상투적인 말을 할 거라고 생각했다.

하지만 의사는 이렇게 말했다.

"죽음은 고통을 피하고 싶은 선택이잖아요. 그런데 사실 죽는 건 오늘도 할 수 있지만 내일도 할 수 있는 거고. 언제든지 할 수 있는 거잖아요? 마지막 선택지잖아요. 그럼 최대한 나중으로 미루어보는 건 어때요?"

"당신은 소중한 사람이에요"라는 말보다 합리적이라는 생각이 들었다. 나는 의사의 말이 굉장히 마음에 들었다.

"그 선택을 하기 전까지는 저와 얘기를 나누어보는 거예요."

의사가 말했다. 나는 고개를 끄덕였다.

06. 내가 겪었던 증상들

내가 겪는 증상은 이렇다.

(1) 무흥미

일단 아무것에도 흥미가 생기지를 않는다. TV를 켜도 재미가 없다. 온라인의 각종 골목길을 이리저리 방황하는 것도 몇 바퀴째다. 블로그 보기, 유튜브 보기. 게임하기. 하지만 다 지겹다. 집중할 수 없었다. 예전에 재밌게 봤던 드라마나 영화에 10분 이상 집중할 수가 없었다. 인터넷의 온갖 가십거리도 질렸다. 나와는 전혀 상관없는 것들이라 무의미하다고 느껴졌다. 나는 아무것도 재미있지 않아서 모든 것을 꺼버리고 침대에 누워버렸다. 눈을 감았다.

눈을 감아도 잠이 오지를 않는다. 잠을 자고 싶다는 생각도 들지 않는다. 마음 편하게 잘 수가 없다. 이 상태에서 벗어나야 하는데…. 라는 생각만 맴돈다. 하지만 일어날 기력이 없다. 그렇다고 잠이 오지는 않는다. 마음이 불편하다. 그리고 불안해지기 시작한다.

(2) 폭식증

밀려오는 불안함을 피해야 했다. 음악을 들어도 불안하고, 다른 무언가를 해도 불안했다. 유일하게 무언가를 꾸역꾸역 삼키는 순간만큼은 아무 생각이 들지 않았다. 그래서 밥솥을 열어서 밥을 우걱우걱 퍼먹어 댔다. 라면 하나가 적정량이었다면, 폭식이 시작될 때는 라면 2봉지를 먹었다. 과자도 5~6개 이상은 사서 먹고 위가 터질 때까지 먹었다. 하지만 잊는 것은 고작 몇 초일 뿐이었다. 곧이어 이 먹은 것들이 그대로 살이 될 거라는 두려움과 공포가 밀려닥쳤다. 나는 화장실로 가 먹은 것을 토해냈다.

(3) 불면증

먹은 것들을 토해내면 몸에 힘이 없어지고, 지쳐서 잠이 오기 시작했다. 나는 침대에 누워 그대로 잠을 청했다. 하지만 잠이 드는 것은 2시간 남짓. 아직 완전히 얼지 않은 살얼음 같은 잠이었다. 내 의식은 남아있었고, 밀려드는 걱정과 두려움, 불안 등 부정적인 감정을 그대로 느낄 수밖에 없었다. 악몽은 계속 댔고 나는 누워있어도 잠들지 못한 채 그렇게 삶을 견뎌내야 했다.

(4) 집중력 부족

어렸을 때부터 나는 책 읽는 것을 좋아했다. 읽고 쓰는 데 문제가 없었다. 언어영역에서도 좋은 점수를 받는 편이었다. 그런데 언제부턴가 책을 읽고 글을 읽는 데 집중이 안 되기 시작했다. 글자들이 이리저리 움직이는 것 같고 내가 어느 문단 어느 줄을 읽고 있는지 기억이 나지를 않았다. 대학생이 되어 과제를 하고 시험공부를 해야 하는 데 전혀 집중이 안 되고 글자가 따로 노니 나는 답답할 노릇이었다. 대체 뭐가 문제인지 몰라 난독증 책도 사서 내 문제를 해결하려고 했다. 난독증은 아예 글자가 이상하게 보이는 것이었고 나 같은 경우는 글자 모양은 똑바로인데, 읽은 내용이 머릿속에 들어오지 않는 게 문제였다. 대체 뭐가 문제일까. 나는 계속 고민만 했다.

(5) 이인증, 비현실감각

난 아침에 일어나면 어제 무슨 생각을 했는지, 무슨 감정이 있었는지 아무것도 기억나지 않았다. 혹은 어제 그토록 슬펐는데 오늘에서야 왜 그렇게 슬펐는지 전혀 생각이 나지 않는 순간도 많았다. 미친 듯이 폭식하고 구토하고 침대에서 일어날 생각조차 하지 못했다가, 학교에 가야 한다는 생각에 꾸역꾸역 일어나는 날도 있었다. 그럴 때마다 나는 내가 너무 낯설다는 느낌을 받았다. 내가 어제 좋다고 느꼈던 그 사람을 오늘 본 순간 내가 왜 좋아했는지 기억나지 않는 일도 많았다.

(6) 인지 왜곡

사실이라고 볼 수 없는데, 사실인 거처럼 생각했고, 나와 연관이 없는 데 연관 지어 생각하곤 했다. 예를 들면, 우연히 사람들이랑 시선이 마주치면 난 이런 생각부터 덜컥 든다. '저 사람이 나를 뚱뚱하다고 보겠지?'라고. 그래서 사람들이랑 잘 지냈고 아무 문제가 없는데도, '저 친구는 나를 싫어할 거야.'라는 생각만 하고 다녔다. 사람들과 대화하다가 사람들이 갑자기 말수가 적어지고 침묵이 시작되면, '나 때문인 건 아닐까?'라는 생각부터 했다. 사실 사람들이 나에게 친절하게 대해주어도 '사람들이 나를 멀리하고 싶은 건 아닐까?' 이렇게 말이다. 하지만 그 생각에 아무런 근거는 없었다. 그 사람이랑 시선을 부딪친 건 우연의 일뿐이고 어떤 의도를 하고 있는지, 그 사람 머릿속을 들여다보지 않는 이상 알 수 없는 일이다. 하지만 그런 것에도 불구하고 나는 내 해석과 잣대를 갖다 대 현실을 파악하고 있었다.

(7) 자살사고

(아무도 뭐라고 하지 않았는데) 세상 사람들이 다 나를 싫어하는 것처럼 느꼈다, 삶에 목표도 없고 만나고 싶은 사람 사랑하는 것조차 아무것도 없었다. 왜 오늘 눈을 뜨는지, 왜 잠자리에 드는 것인지 의문이 가득 찼다. 계속해서 파도처럼 우울과 슬픔, 외로움이 몰려 들어왔다. 벗어나려고 해도 벗어날 수가 없었다. 늪에 빠진 거처럼 허우적댔다. 벗어나고 싶어서 음식을 먹어보기도 하고 4~5시간을 정처 없이 걷기도 했다. 하지만 육신만 고될 뿐 내 감정과 마음과 기분은 변하지 않았다. 이유 없이 찾아오는 이 끔찍한 우울함에 나는 져버리기 일쑤였다. 이런 삶을 이어가고 싶지가 않았다. 고통은 실제 신체에 가해지는 거처럼 느껴졌고 고통 속에서 몸부림쳤다. 도망쳐. 도망치자. 이 고통을 끝낼 방

법은 한 가지. 죽음밖에 없다는 생각이 들었다.

07. 폭식증

여러 증상 중에서도 가장 날 괴롭힌 것은 바로 '폭식'이었다.

나는 스트레스를 받으면 미친 듯이 음식을 먹어댔다. 기본 한 그릇이면 됐는데, 스트레스를 받고 온 날이면 밥솥의 절반가량을 먹어 치워버렸다. 음식이 있으면 닥치는 대로 해치웠다. 그리고 위가 찢어질 것 같고, 더부룩해지면 먹은 것을 게워냈다. 게워내는 이유는, 이대로 두면 살찔 것 같아서. 그리고 속이 너무 안 좋아서. 두 가지 이유였다.

비워낼 수 있다고 생각하니깐 폭식은 멈출 줄 몰랐다. 라면, 과자, 빵, 각종 배달 음식 닥치는 대로 먹었다. 그렇게 하고 나면 식이조절을 못 했다는 자괴감과 살찔 것 같다는 불안감에 휩싸였다. 폭식을 하고나면 두 끼 정도는 안 먹었다. 살이 찔까 봐서였다. 그러다가 배고픈 상태에 스트레스를 받게 되면 폭식은 더욱 심해졌다.

우울증으로 인한 불안감을 없애기 위해서 우걱우걱 씹고 삼키는 행위를 한다. 곧이어 살이 찔 거라는 불안감에 토하게 된다. 이 악순환의 반복에 나는 지쳐만 갔다.

우울증과 폭식증이 가장 심했을 때 일과는 이랬다.

기상 → 아침 먹지 않음 → 공부하기 위해 책상에 앉기 → 집중할 수 없음, 불안감 몰려들어옴 → 공복 상태에서 집에 있는 음식 모조리 먹기 → 토하기 → 피곤한 상태로 널브러져 있기 → 밤이 되고 후회하기 → 후회하고 자책하고 우울하면서 고통스럽게 보내기

집에 하루종일 있는 날이면, 폭식을 여러 번 할 때도 더러 있었다. 이렇게 하루를 보내는데, 삶이 끝났으면 바라는 게 정상 아닐까.

음식은 스스로 제어할 수 있지 않느냐고 반문할지 모른다. 내가 폭식하는 모습을 본 동생은 내가 마치 귀신 들린 거처럼 눈에 초점도 없이 음식을 먹어치우고 있었다고 했다. 제어하는 스위치가 갑자기 꺼진 것처럼 굴었다. 너무 힘들다. 어떻게든 이 문제를 해결해야 했다.

08. 폭식증의 원인은?

병원에 가면 의사들은 이런 반응이다. "병원에 오기 쉽지 않았을 텐데, 이렇게 결심한 이유는 무엇인가요?" 나는 그때마다 이렇게 대답한다. '폭식증이 너무 심해서요.' 나는 극심한 폭식증에서 벗어나야할 것 같은 필요함을 느꼈다. 이대로 가다간 살이 더 찌고 내 위장은 너덜너덜해질 것 같았기 때문이다. 죽고 싶었지만 죽을 수는 없었고 그렇다고 살아 있는데 이렇게는 더는 못 살겠다 싶었다. 폭식증이 정신적인 문제라는 것을 알고, 폭식증을 치료하기 위해 정신건강의학과를 찾아갔다.

나는 뇌파 검사, 질문지 검사 등 여러 검사를 했다. 뇌파 검사는 전극

을 머리에 붙이고 중추신경계와 말초신경계의 움직임을 파악하는 것이랬다. 질문지 검사는 현재 느끼고 있는 심리적 신체적 증상들이 무엇인지에 대한 질문들이 적혀 있었다. 또 친구나 가족에 대한 생각, 자신의 신체에 대한 생각을 서술하게 하는 것도 있었다.

"들어오세요."

검사가 끝나고, 결과를 알려주기 위해 간호사가 내 이름을 불렀다. 의사가 있는 방 안에 들어가자 검사 결과지를 들고 있던 의사는 차분히 말했다.

"우울증입니다."

의사는 자기가 진료한 사람들 중에서 가장 우울도가 높게 나왔다며 놀랐다고 했다. 나는 의사의 말이 믿기지가 않았다.

내가 나를 제어하지 못하고 음식을 마구 먹어대는 것, 내가 외로움에 허덕이는 것, 미래에 대한 불안감으로 아무것에도 집중하지 못하겠는 것, 삶에 대한 무의미함, 공허함이 다 병에서 나오는 것이라고? 약으로 치료를 하는 그런 '병'의 문제라고?

나는 내 영혼의 문제가 있을 것이고 좀 더 영적이고 심오한 문제라고 생각했는데 뭔가 병이라고 하니, 화학작용에 의한 일인 것 같았다.

그래서 병이라고 납득하기가 어려웠다.

하지만 의사는 우울증 증상에 관해 설명했고, 그 증상은 내가 모두 겪고 있었던 것이었다. 무의미함, 무가치함, 지속적인 우울감, 불안감, 식욕의 급작스러운 증가 또는 감소, 불면증 등등.

"폭식을 하는 건 우울과 무슨 관계인가요?"

나는 의아해서 질문했다.

"밀려오는 우울감과 불안감에서 잠시 잊기 위해서 그런 거죠."

의사의 말에 생각해보니, 나는 스트레스 받을 때마다 먹었고. 그 스트레스는 별다른 사건에서 오는 게 아니었다. 아무 이유 없이 우울했고, 불안했으며 겁이 났다. 나는 단순히 내가 예민한 성격이고 의지가 나약하고, 마음이 약한 사람이라서 그런 줄 알았다. 그리고 가족들도 주변 사람들도 그렇게 말했다.

하지만 이것은 개인의 의지와 성품, 성격의 문제가 아니랬다. 내가 나쁜 게 아니라. 난 병에 걸린 것뿐이라고.

"우울증이에요."

이 모든 비극은, 병일 뿐이라고.

처음에는 납득하기 어려웠지만. 점차 이것이 나와 떨어진 문제고 병이라는 생각이 들자 나는 마음이 한결 가벼워졌다.

09. 우울증이란?

우선 우울증이 어떤 것인지 모르는 분들을 위해서 한 번 짚고 넘어가겠다.

(1) 우울증의 정의

우울증이란 감정, 사고, 인지, 무기력감을 호소하고 지속적인 우울감을 느끼게 해 다양한 정신적, 신체적 증상을 일으켜 일상생활의 어려움을 가져오는 병이다.

슬픔을 느낀다고 해서 곧바로 우울증이 되는 것은 아니다.

슬픈 일이 있을 때 슬퍼하는 것은 자연스러운 반응이다. 기분과 감정은 그렇게 오래가지 않아서 스스로 사라지게 마련이다. 그런데 이 우울감이 2주 이상 지속됐을 때 우울증을 의심해볼 수 있다.

또한 우울증은 개인의 성격이나 의지로 극복해낼 수 있는 문제가 아니다. 다리가 부러졌는데 긍정적인 마음을 먹는다고 해서 부러진 다리가 붙는 게 아니듯이 우울증도 병인 것이다.

(2) 우울증 증상에는 어떤 것이 있는가?

우울증 증상으로는 대표적으로 무기력감, 무흥미, 무관심, 식욕의 부진 및 촉진, 급격한 체중의 변화, 수면의 부족 혹은 증가, 지속적인 우울감, 무가치함, 무의미함, 자살 충동이 있다. 무기력감이나 무흥미, 무관심은 곧 삶에 있어서 필요한 과제를 수행하기 어렵게 만든다. 예를 들어 학생의 경우 학업에 대한 흥미가 떨어지게 되고, 집중하지 못하게 되며 이에 따라 성적은 떨어지게 된다. 성적은 떨어지고 자책과 우울감은 더 극심해진다. 직장인의 경우 출근하기조차 어려움을 느끼기도 하고, 업무에 실수가 잦게 되며 이로 인해 상사와 직장동료의 질타를 받게 되기도 한다. 이런 결과들은 더욱더 우울감을 증폭시키게 한다. 악순환의 연속이다. 신체의 이상이 곧 정신의 악화로 이어지고 삶에 대한 무가치함과 환멸 등으로 인해 자연스럽게 자살충동으로 이어지게 된다.

실제로 자살로 이어지는 경우가 있기 때문에 마음의 감기라고 불리지만 단순한 병은 아니라는 개인적인 생각이다.

(3) 우울증의 원인

그렇다면 이 병은 왜 발생하는 것일까? 의학계에서는 한 가지 이유로만 설명하기는 어렵다고 한다. 기분을 좋게 해주는 호르몬이 나오지 않고 신체적으로 문제가 있을 수도 있다. 유전적인 영향도 있다고 한다. 그리고 마지막으로 스트레스가 그 원인일 수 있다고 한다. 병의 원인이 이렇게 광범위하니 누구나 우울증의 위험에 놓여있다. 또 별다른 어려움을 겪거나 스트레스를 받지 않았더라도 우울증이 올 수도 있다.

(4) 치료

우울증은 약물치료가 있고 상담 치료가 있다. 조기 발견 시 약물치료 2~3개월 많게는 6개월로 회복이 가능하다고 한다. 하지만 만성 우울증의 경우에는 그 치료 시기가 상당히 걸린다. 약물치료와 함께 의사와의 상담이 병행된다. 상담을 통해서 삶의 문제를 해결하여 스트레스를 해소하기도 하고, 부정적인 사고방식을 고치기도 하면서 우울 증세를 완화하는 것이다.

10. 어디서부터 잘못된 걸까,

  태생적으로 주위 환경에 대해서 편안하게 생각했던 아이는 아니었던 것 같다. 어머니는 "소젖을 먹고 자라서 그런가 예민하네."라는 말을 곧잘 했다. 어머니 기준에서 난 늘 예민한 아이였다.

  그래도 예민했으면 예민했지, 처음부터 우울했던 것도, 아무것도 하기 싫은 것은 아니었다. 나는 책임감이 강했고 성실하다는 얘기도 들었다. 숙제가 있으면 누가 뭐라고 하지 않아도 숙제부터 먼저 싹 끝냈다. 초등학교 공부도 혼자서 알아서 했고 좋은 성적을 받았다. 그렇다고 공부만 한 것도 아니었다. 공부를 마치고 나면 휴식 시간을 즐겼다. 놀이터에서 친구들과 곧잘 어울리고 맨날 놀았다. 그 자살바위가 있던 태종대 동네를 누비며, 바다에서 목숨을 잃은 사람들을 기리기 위한 위령비 탑에서 아이들과 놀았다. 노을이 질 때쯤 절에서 종을 울렸다. '댕~' 하는 종소리가 나면 이제 집에 들어갈 시간이었다. 집에 가서 어머니가 해준 저녁밥을 배부르게 먹었다. TV를 보거나 책을 읽으며 하루를 마무리했다. 내 기억으로 그때까지는 '우울'이 무엇인지 '슬픔'이 무엇인지 잘 몰랐던 것 같다. 친구들과 싸웠다던가 쪽지 시험 점수가 안 좋다던가 놀림 받았다던가 이런 안 좋은 일들이 종종 있어 화가 나거나 슬픔이 찾아오곤 했지만, 그렇다고 하루하루가 불행하거나, 삶을 놓아버리거나 '죽고 싶다'라는 생각을 하진 않았다. 난 대체 언제부터 '살기 싫다'는 생각을 하게 된 걸까.

  12살이 되던 해 평온한 나의 삶에 변화가 일어났다. 부모님은 서로 갈라져 살기로 했다. 이혼을 한 것이다. 그 후 어머니와 우리 남매는 다른 지역으로 이사를 가게 됐다. 새로운 환경과 새로운 친구들을 사귀는 것, 어려운 가정형편들이 내 마음을 조금씩 갉아먹기 시작했다. 나는 두려웠고, 무서웠으며 그 두려움과 무서움에서 피하고 싶었다.

피하기 위해 마련한 나의 대책은 '최악의 상황 가정하기'였다. 최악의 상황을 생각하면, 아무리 안 좋은 일이라도 예상을 했던 것이라는 안도감이 있었다. 그것이 내가 무엇을 다룰 수 있는 것마냥. 다루었던 것마냥 착각하게 만든 것 같았다.

내 인생에 나타나는 돌부리들은 내가 어떻게 할 수 없다는 것을 느끼고 싶지 않았다. 무력감을 느끼고 싶지 않았다. 그래서 미리 알고 있었던 것처럼 굴었다. 늘 최악의 상황을 가정했다. 그러다 보니 늘 부정적으로 생각하는 습관이 생겨나 버렸다.

그래도 그때까지 하루가 끔찍하다거나 죽고 싶다고 생각하지는 않았던 것 같다. 외로움이 몰려들기 시작하고, 새롭고 낯선 환경이 당혹감을 느끼긴 했지만. 그렇다고 삶을 포기 하고 싶은 마음이 든 건 아니었다. 새로운 학교에서 아이들과 어울리기 시작했고, 놀이터에 다시 나갔고, 공부를 곧잘 했고 좋은 성적을 얻었다.

하지만 진정한 친구는 없었다. 왜 그런 건지 지금도 모르겠다. 초등학교 졸업식 내 앨범에는 가족과 찍은 사진만 있을 뿐 친구들과 찍은 사진이 없었다. 어울리기는 어울렸는데 진짜 친한 느낌은 아니었다. 초등학교 5학년이라는 어중간한 시기에 전학을 와서 그랬던 걸까. 아니면 내 어떤 태도가 아이들과 유대관계를 쌓기 어려웠던 걸까. 나는 마음

한쪽에 어울리지 못했다는 마음이 있었고, 그것이 외로움으로 자리 잡았다.

중학교 때의 나는 더욱 마음이 급했다. 공부할 내용은 많아졌고 어려웠으며, 한편으로 친구들을 어떻게 사귀어야 할지 몰랐다. 나는 내 마음속의 외로움을 무시해버리고 공부를 선택했다. 공부는 스스로 다룰 수 있는 문제였으니까 쉬운 것이었다.

그렇게 나는 늘 공부만 했다. 친구들과 어울리지 않았고, 밥같이 먹으러 다닐 한두 명과 얕은 관계를 유지했다. 주말에 친구랑 놀러 가는 것도 없었다. 따로 연락하고 지내는 친구도 없었다.

중학교 3년 내내 중간, 기말고사에 매달렸고, 친구도 제대로 사귀지 않고 학교 공부에만 매달렸다. 그런데 꿈에도 그리던 전교 1등을 했는데 기쁘지 않았다. 나는 주변에 아무도 없었다. 이번에 전교 1등을 놓친 그 친구는 친구가 많이 있었다. 나는 머리를 한 대 얻어맞은 기분이 들었다. 그토록 혼자서 열심히 공부했는데, 걔는 평균적인 성적도 좋았고, 친구도 충분히 있었다. 나는 친구도 없었고 아무런 미래도 없는데. 난 외롭고 후회스럽기 시작했다.

난, 외로웠다. 너무나 외로웠다.

지금 생각해보면, 그것이 내 병의 신호였던 것 같다. 그러나 나는 나를 돌보지 못했다. 내 마음의 소리에 귀 기울이지 않고 소통하려 하지 않고 부끄럽게 여기고 나약하게만 여겼다. 그렇게 나와 나 자신은 소통하지 못한 채 상처는 짙어져만 간 것이다.

고등학교 때부터는 공부에 집중하려고 해도 잘 되지 않았다. 혼자 공부하는 시간이면 불안이 엄습해왔다. 무서웠다. 내가 성적을 잘 받을 수 있을지 확신이 서지 않았다. 만일 성적을 잘 받아도 그 이후에는 무엇을 해야 하는지 알 수 없었다. 혼란스러웠다. 혼란과 외로움 속에서 나는 점차 삶에 무의미함을 느끼기 시작했다.

수능 시험을 치고 원하던 학과는 아니었지만 가려고 했던 학교에 지원했다. 성적이 불안했지만, 다행히 아슬아슬하게 합격했다. 하지만 나는 의욕이 서지를 않았다. 어떻게 삶을 살아야 할지 몰랐다. 다른 신입생들이 대학교 OT나 첫 등교 시간을 기대하는 것과 달리 나는 아무것도 하지 않았다. 다른 아이들이 무슨 옷을 입고 어떻게 새로운 친구들과 사귈지, 어떻게 공부할지 생각하는 사이 나는 천장만 바라보고 있었다. 그리고 살기 싫다고만 생각했다.

11. 나 받아들이기

"우울함에서 벗어나기 위해서 폭식이라는 방법을 선택하는 거죠."

나는 고개를 갸웃했다. 번뜩 든 생각은 '아무리 그래도 그렇지'였다. 의사는 나를 물끄러미 보더니 입을 열었다.

"무슨 생각이 드세요?"

"네?"

"폭식하는 자신을 보고 어떤 생각이 드시나요?"

나는 떠오르는 생각을 거침없이 말했다.

"한심해요."

한심하다. 아무리 힘들어도 그렇지, 아무리 슬펐어도, 아무리 외로워도 그렇지. 왜 소모적이고 아프고, 살이 찌는 선택을 하는 걸까. 왜 나는 나 자신을 제어하지 못하는 걸까. 그런 생각이 들어서 자책하는 중이었다.

의사는 다시 입을 열었다.

"혹시 이렇게는 생각해볼 순 없을까요? 얼마나 힘들었으면…. 이라고요."

"네?"

나는 의사가 내 말에 동의할 줄 알았다. 나와 같이 왜 절제하지 못하고, 옳지 못한 방법으로 우울과 불안을 해소하려고 하는가 타박할 줄 알았다. 하지만 전혀 뜻밖의 말이었다.

"그 우울과 불안의 크기가 얼마나 컸으면, 단시간 안에 그렇게 음식을 꾸역꾸역 먹었을지요. 맛을 떠나서 그 정도면 괴로움이 컸을 텐데. 그 괴로움보다 우울과 불안의 크기가 컸던 거죠."

나는 놀랐다. 의사는 내 편을 들어주고 있었다. 오히려 내가 내 자신에게 질타를 던지고 있었다. 왜 그랬냐고, 왜 그럴 수밖에 없었냐고. 넌 정신력이 약하다고. 의지가 약하다고 그렇게 비난했다.

하지만 의사는 내가 얼마나 힘들었으면 하고 내 행동을 이해해주었다. 오늘 처음 본, 그것도 남일 뿐인 의사가 말이다.

나는 북받쳤다. 왈칵 눈물이 쏟아졌다.

"그래도 이건 아니잖아요. 이렇게까지…."

"물론, 그 행동이 옳다는 건 아니에요. 하지만 얼마나 힘들었으면 그 정도까지 했을까 하고 이해해주는 거죠."

의사가 차분하게 말했다.

"나를 받아들이는 거죠. 내가 얼마큼 아프구나. 내가 이렇구나. 내가 이 상태구나. 받아들이는 거예요. 그게 치료의 시작이에요."

의사가 그렇게 말함에도 불구하고 아직 내가 증오스러웠다. 아무리 그래도 먹는 방법으로 해결하려고 하고 하다니. 성숙하지 못한 것처럼 느꼈다. 하지만 의사는 계속해서 나를 이해해보자고, 안타깝게 여겨달라고 부탁했다. 나를 받아들이는 것. 있는 그대로 생각하는 것. 그동안 내가 하지 못했던 것이었다. 그래서 문제가 됐고 나는 늘 아팠는지도 몰랐다.

제일 친한 친구인 바로 '나 자신'이 스스로를 이해하지 못했기 때문에 외로웠던 것이다. 마음의 우울과 불안을 나눌 수 없고 거부만 당해 온 것은 바로 내가 나를 거부했기 때문이었다.

나의 아픈 상태를 받아들이는 것. 수용하는 것. 그게 우울증 치료의 시작이었다.

12. 심리 상담하기

요즘 내가 우울증을 위해서 하는 새로운 것이 있다면 25회로 이루어진 심리 상담을 받는 거였다. 병원에는 콩나물 시루처럼 사람들이 앉아 있어서 상담 시간도 짧았다. 상담 시간이 긴 병원을 가고 싶었으나 요즘에 정말 아픈 사람이 많은 건지 가는 곳마다 문전성시였다. 상담을 오래 해준 병원이 있긴 했지만 너무 멀어서 포기했다.

그런데 심리 상담을 받으니 더 많고, 깊은 이야기를 할 수 있었다. 상담소와는 거리도 있고, 코로나19 유행 중이라 화상회의로 상담을 했다. 3회째 되서 나는 나의 내면에 있는 빙산을 발견했다. 내가 꽁꽁 묶어두었던 상처들을 발견한 것이었다.

상담사는 그렇게 말했다. 사람마다 저마다의 지하실이 있다고. 그 지하실에 들어가기가 무서워서 얼른 나와 버리고 들어가려 하지 않는다고. 사람의 무의식에 그렇게 아픈 기억들이 저장되어있다. 하지만 누군가와 같이 간다면, 더 이상 무섭지 않고 지하실에 내려가 볼 수 있다고. 상담사란 그런 존재라고 말했다.

상담사는 문제를 해결해주는 사람이 아니라고 했다. 결국 문제를 해결하는 것은 나 자신이라고 했다. 답은 내 안에 있다고 했다. 상담사는 그 답으로 이끌어가 주는 역할을 할 뿐이라고. 그래서 문제를 적극적으로 해결해야 하는 건 나 자신이라고 했다.

상담사를 처음 만나고 난 생각은, 내가 이 병을 얕봤다는 생각이다. 나는 아직도 내 안의 상처가 수두룩하게 남아 있고 부정적으로 바라보는 창은 그대로 굳건히 서 있는데 현재에 감정이 나아졌다고 괜찮나고 생각한 것이다.

상담사가 말하길, 우리 내면에 있는 감정을 들여다봐 주지 않으면 그 감정은 없어지지 않고, 내면에 쌓인다고 했다. 그 쌓인 감정이 다른 형태로 불쑥불쑥 튀어나와 나의 마음과 행동에 영향을 준다는 것이다. 맞는 것 같았다. 나의 내면에는 아직도 해결되지 않은 쓰레기 같은 감정 덩어리들이 너무나 많았다.

나는 그렇게 상담사의 손을 잡고 지하실, 쓰레기창고의 문을 열었다.

2. 내 쓰레기창고

01. 최초의 상처

사람은 태어나면서부터 여러 가지 감정을 느낀다. 나는 언제부턴가 고통. 불안과 좌절, 우울함만을 느끼며 살았다. 대체 그 시점이 어디였는지 기억조차 나지 않는다. 우리는 과거를 돌아보는 작업을 했다, 어릴 적으로 거슬러 올라가 무엇을 느끼면서 살아왔는지 한 장면 장면 떠올려보는 것이다.

상담사는 내 유년의 기억 중에 가장 상처받았던 일에 관해서 물었다. 그중에서 무언가에 불안을 느끼고, 아무것도 신뢰할 수 없게 된 경험을 꼽자면 바로 놀림당했던 기억이다.

"돼지야."

어떤 남자아이가 나를 향해 외쳤다.

"돼지야."

"돼지!"

그렇게 놀리는 아이들은 한 두 명이 아니었다. 여러 명이 재밌다는 듯이 그 단어를 내뱉었다. 남자아이들은 계속해서 날 놀려댔다.

나의 6살, 외부의 공격을 받은 첫 순간이었다.

지금에서야 보면 어릴 적 아이들이란 특징만 잡아내면 아무 생각 없이 놀리던 시절이었는데 나는 그때 엄청난 공격으로 생각했다. 더 큰 문제는 뒤였다.

나는 그 외부의 공격에 대해서 항변하고 싶었다. 집에 돌아가 어머니에게 그 잔혹했던 사건을 말했다.

내 말을 듣던 어머니는 심드렁하게 대꾸했다.

"네가 뚱뚱한 것 맞잖아."

그 말 한마디에가 충격으로 다가왔다. 어머니의 말이 맞다고 생각했다. 그래서 난 내가 놀림 받는 이유를 '내가 뚱뚱하기' 때문이라고 받아들였다.

난 놀림 받아도 마땅했다. 왜냐면 뚱뚱했으니까.

나의 6살, 모든 문제의 원인을 '나의 외모'로 때문이라고 생각한 첫 순간이었다.

02. 치료 방법을 몰라

전편에 구구절절 늘어놓은 얘기를 한 줄로 정리하자면 '나는 상처 받은 적이 있다'다. 그런데 사실 어릴 적 누구나 한 번쯤 터무니없는 것으로 놀림당하곤 한다. 얼굴이 조금만 길어도, 눈이 조금만 작아도 말이다. 누구나 한 번쯤 놀림당한 기억이 있을 것이다. 그렇다면 놀림당한 사람은 전부 낮은 자존감에 시달리고 우울하고 불행한 걸까? 그건 또 아닌 것 같다. 내가 생각할 때는 중요한 건 상처가 났을 때 그 치료다. 자기 몸에 난 상처를 치료할 수 있는 1살 아기는 없을 것이다. 아파서 울기 시작하면 부모가 다가와 치료를 해주고 달래준다. 그러다 어느 정도 자라서 유아나 초등학생이 되면 작은 생채기 정도는 자신이 치료를 할 줄 안다. 그러니까 부모 혹은 보호자로부터 치료 하는 법을 배운 다음 스스로 할 줄 아는 것이다. 내가 불운했던 건 그 치료하는 법을 못 배운 탓이다. 놀림은 받을 수 있다. 그런 상처나 생채기쯤은 쉽게 생긴다. 누군가가 "아냐, 그 애들이 나빠." 이 한마디 정도만 했었더라면 나는 나에 대해서 다르게 생각했을 것이다.

정작 내가 들은 말은 '네가 놀림 받은 이유는 네가 뚱뚱해서다.'라는 무심한 말이었다. 그것은 나의 존재 자체가 부정당하는 일이었고, 약을 발라야할 곳에 소금을 뿌린 꼴이었다. 지금에 와서 어머니는 그때는 강하게 키우려고 그런 거라고 하지만. 그때의 난 내 상처 난 자리를 빨리 보듬어 주지 못한 채 상처 난 게 오히려 내 탓이 되어버린 상황을 겪어 내야 했다.

상처 난 것도 내 잘못인 셈이었다. 내 잘못만 남았다. 나는 결국 상처를 제때 치료하지 못한 채. 그리고 상처가 생기더라도 치료하는 법을 배우지 못한 채 자라게 됐다.

03. 제2의 놀림

중학교 이후부터는 그다지 놀림 받는 일은 없었다. 남자아이들과는 교류가 없었을 뿐더러 나는 아이들과 어울리지 않고 공부만 했기 때문이다.

그런데 우리들은 외모에 관심이 많이 생기는 사춘기를 맞이했다. 여성과 남성의 모습이 점차 달라지고 외모에 관심을 가질 시기에 나는 더욱 움츠러들었다. 외모에 관심 있는 아이들은 틴트와 비비를 바르고 눈에 쌍꺼풀 테이프를 붙여댔다. 그러는 사이 나는 내가 유별나게 뚱뚱하고 못생겼다는 생각이 들었다. 더 이상 나를 대놓고 놀리는 아이들은 없었지만 말이다. 누군가로부터 '돼지'라는 놀림을 듣지 않더라도 난 그런 생각이 들었다. 난 외모를 가꿀 엄두가 나지 않았다. 나는 대충 몸에 맞는 헐렁하고 어두운 옷을 선택했다. 그러다 가끔 소풍날이 되거나 가족과 친척끼리 외출하게 될 때 나는 미칠 것 같았다. 내 모습이 너무 부끄러웠고 보기 싫었다. 점차 집 앞 수퍼에 나가는 것도 싫어졌다. 배달음식을 시켰을 때, 배달원이 찾아와 문을 두드리면 난 황급히 도망쳤다. 사람 앞에 나설 수가 없어서. 부끄러워서. 뚱뚱하고 못생긴 나를 보면 인상을 찌푸릴 것만 같았다.

'돼지야.'

나는 늘 놀림 받고 있었다. 6살 때 나를 놀려댔던 아이들은 이미 사라지고 없는데. 그 아이들의 자리를 대신하며 나를 집요하게 놀리는 누군가가 있었다.

그 존재는 바로 나 자신이었다.

04. 가난

12살이 되기 전까지는 물질적인 어려움을 몰랐다. 아버지는 직장을 다니셨고, 어머니는 전업주부셨다. 아버지는 배에서 조리장 일을 하셨다. 우리는 아버지가 벌어오는 월급으로 생활했다. 그 시절 난 부족하다고 생각한 적은 없었다. 우리 집이 가난하다고 생각한 적이 없었다. 딱히 주변 친구들과 무언가가 비교되거나 하지 않았다. 좋은 옷을 입거나 좋은 장난감을 가진다거나 좋은 책가방을 가지고 있는 그런 아이들은 드물었다. 있다고 해도 그런 차이를 구별할 수 있는 눈이 없었다. 나에게 돈이란 간식거리 사 먹을 수 있는 동전 몇 푼의 의미였다.

12살 가을에 우리 부모님은 이혼하셨다. 겨우 고등학교를 졸업하고 바로 결혼한 어머니는 딱히 사회 경험이 없었다. 할 수 있는 일이 마땅히 없었다. 그런 어머니가 자식 둘을 맡아서 혼자 키워갔다.

별다르게 돈을 벌 방법을 찾지 못한 어머니는 국가의 도움을 받았다. 사회에서 만들어낸 구제제도를 이용한 것이다. 어머니는 국가의 지원금을 받아 생활했고 국가에서 알선해주는 일자리에 나갔다. 내가 고등학생 때 어머니의 수입은 70만 원. 그것으로 세 식구가 생활했다. 한 달에 한번 시켜먹는 치킨이 우리 가족의 외식이었다. (대학생이 되어 친구들을 사귀면서, 그 아이들이 일주일에 치킨을 먹는 것은 자주 있는 일이라는 걸 안 순간 난 혼란에 빠져야 했다.)

고등학교 때까지 학교에 수급자 관련 서류를 내야할 때면 난 부끄러웠다. 선생님들은 내 처지를 알고 있을 것 같았다. 그게 자존심이 상했다. 나는 이를 악물었다. 좋은 성적을 받고 좋은 대학을 가서 훌륭한 사람이 돼야지. 돈을 많이 버는 사람이 될 거야. 그래서 무시당하지 않을 거야. 이 암울한 상황에서 벗어날 수 있을 거야.

하지만 고등학교 공부는 어려웠고 성적은 떨어졌다. 중학교 때까지

다니던 학원도 그만두었다. 고등학생의 학원비는 너무 비쌌다. 30만 원이 넘었다. 우리 생활비의 절반이다. 혼자 공부하기로 해보았지만 나는 감정을 컨트롤하기 어려웠고 불안에 잠식당했다. 외로움과 불안과 우울감에 사로잡혔다. 그래도 한편으로 난 반전을 기대했다.

가난했던 한 사람이 힘든 시절을 이겨내고, 아르바이트도 하고 시간을 쪼개가며 공부도 하고. 덕분에 좋은 대학에 입학해 성공했다는 이야기들을 읽으면서 나도 그런 사람이 돼야지 했다. 하지만 난 그런 영웅담의 주인공이 되지는 못했다. 대학교 학비는 국가에서 해결해준 덕분에 다닐 수 있었다. 감사해하며 아르바이트를 하며 공부하면 됐는데, 그 시절 나는 가장 우울했다. 늘 죽고 싶다는 생각만 가지고 살았고 땅바닥에 누워서 무기력하게 있었고 아무 일도 하지 못했다. 조금 힘을 내서 일어나보려고 해도 다시 무너지기 일쑤였다. 대인기피증, 우울증, 폭식증 그것들로 인해 아르바이트를 할 용기가 생기지 않았다. 그러다 보니 대학교 시절도 난 가난하게 보내야 했다. 점심값이 아까워서 굶기도 했다.

아무것도 모르겠다. 나의 마음은 너덜너덜하고 아팠고 용기도 없었다. 이 긴 터널을 어떻게 해야 할지 모르겠다. 나에게 필요한 게 무엇인지도 난 알아차려 줄 수가 없었다. 울기만 했다. 삶은 나를 배반하고 나를 외롭게 했다. 지독한 고통이 몰려왔다. 고통 가득한 삶을 위해서 내가 노력을 한다는 게 납득이 가질 않았다. 더 이상 용기 내기도 싫었다.

가난은 내 마음속의 커다란 상처. 가난하지 않았던 사람처럼 살고 싶었다. 가난하지 않는 사람으로 보이고 싶다. 하지만 생활이 어려웠던 건 사실이었다. 나를 사랑할 수 없는 나 자신, 경제적인 어려움. 나는 이 상황에서 희망을 바라볼 수 없었다. 나는 엄살 부린 걸까. 이 정도는 누구나 이겨내고 극복하는 어려움인데, 나는 약했던 걸까.

05. 유령

우울이 극도로 심한 때는 20살 때였다. 참 그래서 그때가 아쉽다. 다른 아이들이 답답한 고등학교 생활을 벗어나 이제 막 장밋빛 인생을 그리고 있을 때 나는 우울했다. 외모를 꾸미기도 하고, 하고 싶은 것을 하기 위해 아르바이트를 하기도 하던 시절이었다. 학과 아이들과 친해지고 동아리 활동도 하던 시기에 나는 아무것도 하기 싫고 무기력했다. 사람들과 어울리기 싫었다. 그 사람들이 싫은 것이 아니라 내가 싫었다. 나는 사람들과 어울리지 못할 것으로 생각했고, 사람들은 나를 싫어할 거라고 생각했다.

첫 신입생 환영회 때, 가만히 아무 말도 못하는 나에게 어떤 선배가 말을 걸어왔다. 그 선배가 왜 어울리지 못하고 혼자 있냐고 하니깐 나는 대뜸 이렇게 대답했다.

"사람들이랑 어울리기 싫어요."

지금 생각해보니 어처구니가 없는 발언이다. 나는 겁이 없었던 건지, 정말 사회성이 떨어졌던 것인지 대선배에게 그렇게 말했다. 사람들이랑 안 어울리고 싶어도, 억지로라도 어울리는 게 사회생활인 것을. 하지만 난 중고등학교를 혼자 공부만 하면서 지내왔고 안 맞다고 생각하는 사람들과는 같이 지내지 않았다. 그래서 맞춰주는 법도 몰랐고 맞춰가는 법도 몰랐다.

그렇게 첫 신입생 환영회에 나는 꿔다놓은 보릿자루처럼 가만히 있어야 했다.

내가 사회성이 있냐 없냐의 문제를 떠나, 일단 나는 나의 우울함 때문에 사람들과 함께 어울리지 못했다. 어울릴 의사가 없었고 사람들이 무섭기만 했다. 무기력한 증세가 심해서 걸핏하면 지각하거나 결석했다. 늘 지각하고 수업에 참여도 안 하고. 아무 말도 안 하고 내성적으로 있는 아이를 좋아할 사람은 없었다.

2학년 때는 그래도 어찌 마음을 추슬러서 학교생활에 적응해보려고 했다. 동기들이 어울리는 술자리에도 한 번 끼어보았다. 그 자리에 있던 친구가 술이 좀 취해서 말했다.

"너는 우리가 싫니? 왜 같이 안 놀아?"

그 친구가 그렇게 말했다. 나는 아직도 기억한다. 그 아이의 관심과 아쉬움이. 고맙기도 하고 퍽이나 슬프기도 했다.

'너희가 싫은 게 아냐.'

나는 그때 그렇게 말하고 싶었지만 말할 수 없었다. 나도 무엇이 문제였는지 몰랐기 때문이었다.

봄이 되면 신입생들로 교정에 산뜻해진다. 교정에 떨어지는 벚꽃이 좋았고 과유니폼을 입고 삼삼오오 모여서 가는 학생들의 모습도 보기 좋았다. 난 늘 보면서 한편으로 그들을 부러워했다. 과방에 모여서 같이 과제를 하다가 저녁을 배달시켜 먹는 모습이라던가. 시험이 끝나고 학교 근처 술집에 가서 술을 먹는다던가. 하지만 내가 그 속에 있는 모습을 상상하기 힘들었다. 물론 몇 번은 그 비슷하게 해본 적이 있다. 하지만 난 계속 병을 앓고 있었고, 지속해서 어울리지는 못했다.

난 늘 혼자 다녔다. 아이들이 학과 수업을 같이 들을 때도 난 혼자였고, 교정을 늘 혼자 걸었다. 밥도 혼자 먹거나 혼자 먹는 모습을 보이기가 싫어서 굶거나 해버렸다. 기분이 좋지 않았다. 더욱 우울해졌다. 세상이 아무도 날 모르는 것 같았다. 이 세상에 난 혼자가 된 것 같은 기분이었다. 아무도 나와 눈을 마주치지 않아서, 더더욱 난 유령이 된 기분이었다. 이 세상에 난 존재하지 않는 것 같았다.

06. 쓰레기 더미에서 생각한 것

내가 중학교 때까지 만났던 문제들은 간단했다. 대부분 국어, 영어, 수학 등의 문제들이었다. 개념과 공식이 있고 법칙대로 시키는 대로 하기만 하면 해결되는 문제들이었다. 문제가 영 해결 되지 않을 때는 답지를 볼 수 있었다. 내가 맞닥뜨리는 문제들이란 그런 것들이었다. 그렇게 어렵지 않았다.

고등학교에 올라갔을 때부터 문제집들은 더 어려워졌다. 국어는 지문이 길어졌고 영어는 모르는 단어가 늘어났고 수학은 복잡한 공식이 나타났다. 나는 헤매기 시작했다. 문제의 답을 찾는 데 시간이 오래 걸렸다. 답시를 보아도 왜 이 답인지 이해가 가질 않았다. 답을 외우는 데도 한계가 있었다.

그리고 문제집에는 없는 또 다른 문제들이 나타나기 시작했다. 외로움이라는 문제가 나타났다. 중학교 때 친구가 있었던 것은 아니었다. 다만 외로움을 느끼지 못했다. 매일 같이 공부하고 학원 가고 일정량의 공부를 하고 나면 주말에는 혼자 놀았다. 드라마를 보거나 만화를 보면서 말이다. 혼자 노는 게 재미있었다. 외롭지 않았다. 친구 문제는 그렇게 나에게 중요한 문제가 아니었다.

하지만 고등학교에 올라오고 나서부터 외로움이 커졌다.

삼삼오오 모여서 떠들고 노는 아이들이 부러웠다. 하지만 나는 친구를 어떻게 사귀어야 하는지 잘 몰랐다. 어렸을 적에는 잘 지냈는데, 사춘기 이후로는 어떻게 해야 할지 감이 오지 않았다. 나에게 너무나 어려운 문제였다.

그 문제를 풀지 못하자, 대가는 컸다. 외로움은 크게 밀려왔고 세상에는 나 혼자만 있는 느낌이 들었다. 슬퍼지기 시작했다.

이 와중에 나에게는 아무것도 없는데, 오직 공부하고 중간 기말고사 시험을 쳐서 나오는 성적이 내 모든 것인데. 그 성적마저도 떨어지고 있었다. 어떻게 혼자서 이 성적을 올려야 할지 막막했다. 책상 앞에 앉아 있어도 한숨만 나왔다. 속이 답답해지고 더부룩했다. 가슴이 꽉 죄어오는 느낌이 들었다. 호흡기에 문제라도 있는가 싶었다.

나는 상황을 절망했고 비관하기 시작했다. 미래를 어떻게 대비 해야 할 지도 모르겠고 막막함만 느꼈다.

막막함, 불안감, 외로움, 슬픔, 두려움, 자괴감

나는 이런 부정적인 감정의 늪에 빠져서 헤어 나오지 못했다. 이것이 '문제 상황'이고, '해결책'을 찾아야 한다는 간단한 아이디어를 떠올리지 못했다.

그렇게 감정은 괴물처럼 커져만 갔고 나는 싸워서 이길 수가 없었다. 그렇게 우울증이 찾아왔고 하루하루가 고통스러웠다.

그런 나에게 떠오른 아이디어는 이것을 해결할 방법은 '삶을 끝낸다' 였다. 키보드의 ESC버튼을 누르는 것이, 컴퓨터의 강제종료 버튼을 누르는 것처럼 삶을 끝내는 것이 유일한 해결책이라고 생각한 것이다. 그래서 매일같이 죽음을 생각했다.

3. 고군분투기

01. 창고 정리를 하자

수도꼭지를 틀어놓은 바람에 물이 계속해서 흐른다. 부실한 수도꼭지가 원인일 수도 있고 누군가가 틀어놓은 게 원인일 수도 있다. 물이 계속 흐르는 현상이 우울감의 지속(우울증)이라고 한다면, 부실한 수도꼭지 혹은 누군가의 방치가 우울증의 원인인 셈이다.

부실한 수도꼭지의 문제는 호르몬의 문제다. 기분을 좋고 나쁘게 하는 신경 전달물질이 제대로 작동하지 않아 계속해서 슬픔을 느끼게 된다. 두 번째로는 우울하고 슬픈 사건을 지속해서 겪은 탓에 우울감이 계속적으로 나타나는 상태다.

우리는 상처를 받으면 슬프고 우울해진다. 상처라는 게 욕구의 좌절이다. 나는 마음의 약함, 강함 이런 문제라고 생각했는데 그렇다기보다는 욕구가 충족 되냐 안되냐의 문제이다. 욕구가 좌절되면 '상처'처럼 남는다.

누군가가 이런 심한 말을 하고 놀린 탓에 상처받는다는 것은, 나는 존중 받고 싶은 욕구가 좌절됐기 때문이다. 그것이 실제 피부에 생기는 상처처럼 우리 뇌는 기억을 하고 그런 아픔이 올라온다.

우리는 의식 중에, 혹은 무의식중에 무언가를 바라고 산다. 그것이 충족이 되면 만족스럽고 편안한 상태가 되고, 만족하지 않으면 불편하고 부정적인 감정이 든다.

자, 누군가가 당신을 보고 '멍청이'라고 놀렸다고 하자. 나는 존중받지 못해서 기분이 나쁘다. 그 기분 나쁜 것을 애써 잊어버리려 할 수도 있고, 놀린 이에게 찾아가 사과를 받아내려고 할 수도 있다. 애써 잊어버리려고 하고 묵혀두고 없는 일처럼 굴어본다. 시간이 지나면 그 감정이 희미해진다. 하지만 없어진 게 아니다. 어느 날 해결되지 않는 이 감정이 불쑥 올라와 나를 괴롭힌다. 누군가가 그냥 장난으로 가볍게 '바보'라고 했는데 그때의 기억이 함께 떠오르면서 화가 너무 많이 나는 이유가 그것이다.

그래서 그때마다 감정을 돌보아주고 불만족한 경험을 위로해줘야 한다고 한다. 감정은 돌보아주면 사라진다고 한다. 쌓아둘 것이 아니라 그때마다 풀어주고 얘기를 걸어주어야 한다.

상담사는 감정을 돌보아줘야 하는 것을 강조해주셨다. 스스로 자신의 감정을 돌볼 줄 알아야 한다고 하셨다. 그것을 가능하게 하는 방법이 '자기 대화'라고 했다. 스스로 자신에게 어떤 기분인지를 묻고, 그 기분을 깊이 공감하고, 위로해주는 것이다. 무엇이 불만족스러웠는지, 무엇을 원했는지를 스스로 깨닫게 해주고, 스스로 그 원하는 것을 해주며 상처를 치료한다.

상대에게 사과를 듣는 것이 원하는 것인데 사과를 못 받는 상황이라면? 그래도 괜찮다. 내가 대신 사과를 해주면 된다. '사과 받고 싶었지? 미안해.' 이렇게 말을 걸어주면 된다. 그러면 정말 상대방에게 사과를 받기라도 한 것처럼 부정적인 감정은 조용히 사그라든다.

이런 과정은 아이가 부모에게 돌봄을 받는 과정과 비슷하다. 상처 받은 내면을, 어른스러운 또 다른 내가 위로해주고 달래주는 것이다. 어린 자아를 부모 자아가 돌보아준다는 말이다. 그렇게 받았던 상처를 치유한다. 틀어놨던 수도꼭지를 잠그는 것이다.

02. 바라는 것

상담사에게 상담 받는다는 것은 문제들을 꺼내놓는 작업이었다. 성급하게 '죽음'을 답안지에 쓸 게 아니라 문제를 잘 보고 답을 잘 생각해 보자는 것이다. 그전에는 문제가 뭔지 조차 모른 상태에서 고통 받고 있었더라면, 이제는 무엇이 나에게 고통을 주는지 펼쳐 보는 일을 하기 시작했다.

그런데 자기 대화를 할 때 가장 어려운 질문이 있었다.

"상대방에게 듣고 싶은 말이 뭔가요?"

이거였다.

예를 들어 A랑 싸워서 상처받은 일에 대해서 이야기 한 적이 있다. 싸웠을 때의 감정은 말하기 쉬웠다. 억울했고, 분했고, 섭섭했고, 미웠고, 슬펐다. 그런 감정을 이야기 하고 나면, 상담사는 으레 이렇게 질문했다.

"A에게 듣고 싶은 말이 무엇인가요?"

나는 아무 생각이 들지 않았다. 머리가 새하얘졌다. 듣고 싶은 말 따위 없었다. 원하는 게 없다고 느껴졌다. 상대방이 저렇게 나에게 적대적으로 나왔는데 내가 뭘? 무시가 최선이라는 생각이 들었다. 또 원하는 게 있어도 상대방이 들어줄 거 같지 않았다. 그럴 바엔 내가 포기하는 편이 나을 것 같았다. 난 내 주위 사람들에게 늘 같은 대답이었다.

"원하는 게 없어요."

내가 우물쭈물하고 있자 상담사가 도와주었다.

"A가 날카롭게 했던 말은 감정적으로 나온 것이고, 여전히 A는 당신과 친하게 지내고 싶어하는 마음은 사실이었다고, 그런 말을 듣고 싶지 않나요?"

상담사가 예시를 들어서 설명하자, 그제야 내가 원하는 것이 그것이라는 생각이 들었다. 단절, 무시 이런 게 아니었다. 정말 내가 원하는 것은 A랑 잘 지내고 우정을 나눴으면 하는 거였다.

'듣고 싶은 것이 뭐냐'는 질문은, 결국 내 욕구가 무엇이냐는 질문이었다.

'무엇을 하고 싶냐. 어떻게 하고 싶냐.'

나는 이 질문에 선뜻 대답이 나오질 않았다.

우울증을 앓는 동안, 나는 늘 아무것도 하기 싫었다. 먹고 싶은 것도 없고 놀고 싶은 것도 없고 친하게 지내고 관계를 이어 나가고 싶은 사람도 없었다. 무기력한 것이다.

무기력은 욕구와 관계가 있다. 욕구가 충족되지 못하는 경험을 계속해서 하다보면, '나는 역시 안 돼.' 이런 생각이 학습된다. 무엇을 해도 될 것 같지가 않은데 어떻게 힘이 나겠는가. 무기력하고 좌절하다 보니 욕구는 사라지지 않는데, 그 욕구를 억누른다. 그러다 보면, 삶이 행복해지지 않는다.

한편 욕구의 좌절은 마음속에 '상처'라는 형태로 남게 되고 부정적인 감정을 불러일으킨다. 난 내가 무기력하고 우울하고 슬프고 외로운 이유가 나 스스로 내 욕구를 제대로 알아차리지 못하고 충족시켜주지 못했기 때문이라는 생각이 들었다.

나를 보살피고 아낀다는 것은 내가 원하는 바를 물어봐 주고 제대로 채워주는 일을 하는 것도 포함된다. 부모에게 원하는 바를 말하고 그것이 이루어졌을 때 만족감을 느끼고 부모에게 애착을 느끼는 것처럼 나 스스로가 나의 부모가 되어주어야 한다.

또한 아기였을 때 욕구를 표현하는 수단은 감정이었다. 배가 고프고, 잠이 오고, 기저귀가 불편할 때면 우는 것으로 자신의 욕구를 표현한다. 성숙해질수록 언어를 통해서 자신의 욕구를 파악하고 전달할 수 있어야 한다. (물론 사회적으로 용인되는 욕구여야 한다는 점도 덧붙인다.)

03. 인식 바로잡기의 중요성

외로울 때 사람들을 만나러 가면 되는 일일까? 사람들 속에 그냥 들어간다고해서 대인관계가 좋아지거나 자존감이 올라가는 건 아니다.

먼저 다가갈 줄 아는 사람들이 있는 모임이면 괜찮지만. 그게 아니라면 오히려 아무 말 안하는 나의 모습으로 사람들이 다가오지 않을 수도 있기 때문이다. 다가오지 않는 경험은 또다시 상처가 될 수 있다. 단점 때문에 사람들과 어울리지 못한다는 신념만 굳어진다. 이때 중요한 것은 내가 어울리지 못하는 것이 어떤 특정 요소 때문이라고 생각하는 습관을 바로 잡아야한다. 사람들이 나에게 다가오지 않는 이유는 내가 상대에게 '무관심'한 태도를 보이고 있기 때문이다.

사람들과 어울리면서도 나는 끊임없이 괴리감을 느껴야 했다. 관심이 다른 데로 쏠리면 못 견뎠다. 또다시 '나한테 관심이 사라진 것 같아. 저 사람이 날 싫어하는 게 아닐까?'라는 생각이 들었다. 늘 공허함과 외로움, 거리감을 느꼈다. 누구와도 친해지지 못한다는 생각이 머릿속을 지배했고, 괴롭게 했다. 상처는 과거에 받았는데, 그 상처가 낫지 않는 바람에 모든 현상을 그 상처와 연관 짓고 있었다. 그래서 현재 그 누구도 뭐라고 하지 않는데도 혼자만의 생각으로 자신에게 상처 주고 있었다.

그래서 똑바르게 인식해야한다. 기존의 생각이 올라오더라도 그 생각을 지워내는 연습을 해야 한다.

내가 인식하는 것을 상담사로부터 수정받고, 다시 모임에 나갔을 때 한결 편안해졌다. 그리고 친해지지 않는 느낌이 드는 사람에게 직접 그 원인을 묻기도 했다. 나는 외모 때문인 줄 알았는데. 뚱한 내 표정으로 인해 다가가기 힘들었다는 것이다. 낮은 자존감으로 인해 안될 거라고 이미 벽을 쳐 버렸던 모양이다. 그렇게 내 생각이 틀렸음을 확인받고 나서야 사람에게 관심 받지 못하는 이유를 전부 외모 탓으로 돌리는 일이 훨씬 줄어들었다. 아무것도 모른 채 맨땅에 헤딩하듯 모임에 나갔을 때보다 훨씬 빠른 속도로 변화됐다. 중요한 포인트는 이것이다. 모임에 나가되, 사람들을 관찰하라. 그리고 어떻게 친해지면 좋을지 방법을 생각해라. 친해지지 않는다고 해서 실망하지 마라. 느긋하게 여유를 가지고 친해질 사람만 친해지면 된다.

04. 나의 진짜 상처 찾아보기

　내가 인간관계를 통해 얻고 싶었던 감정은 우정이라기보단, 부모의 헌신적인 사랑이었다. 그래서 친구 관계에 늘 만족하지 못했다. 취미가 맞아서, 시답잖은 농담이나 하면서 만날 수도 있는 거였는데. 그 정도로 끝나는 관계에서 늘 갈증을 느꼈던 것이다. 팔이 부러졌는데 감기약만 먹고 있었던 거나 다름없었다.

　내가 얻고 싶은 것이 부모의 보살핌이라는 걸 깨닫자, 처음에 어머니에게 화가 나기 시작했다. 밖에서 놀림 받고 들어 온 날, 어머니에게 하소연 했을 때 '네가 뚱뚱한 것 맞잖아.'라고 말했던 기억이 선명하게 떠올랐다. 어머니의 퉁명스러운 태도에 화가 나기 시작했다. 나의 그런 반응에 상담 선생님은 어머니와 직접 이야기 해보라고 했다.

　나는 어차피 많은 시간이 지났고 의미 없다고 생각했다. 그러다가 어머니에게 지나가는 소리로 그 때의 이야기를 꺼냈다. 그에 대해 어머니는 이렇게 대답했다.

　'강하게 키우려고 그랬지 뭐.'

　그러니까 어머니는 나쁜 뜻은 없었고 그냥 사실대로 말했던 거였다고 한다. 현실을 직시하며 좀 더 강해지라는 소리였단다. 아니, 6살짜리가 그 깊은 의미를 알겠는가. 또 한편으로, '스스로를 사랑한다'는 의미조차, 그런 교육조차 받지 않았던 어머니가 자상하게 말할 줄 알았을까 싶기도 했다.

어쨌거나 어머니가 나를 폄하했다고 생각한 것은 오해였다. 난 오해라는 것이 이렇게 큰 상처를 만든다는 게 놀라웠다. 허무하기도 하고, 어이가 없기도 했다.

난 늘 못 받았다고 생각하고 있었고, 부모에게 거부당했다고 생각했었다. 내가 그렇게 생각하게 된 것에도 합리적인 이유가 있었다. 하지만 어머니가 진짜 나를 싫어하고 미워한 게 아니라 표현이 부족할 뿐이라는 걸 깨달았다.

그리고 내가 원했던 사랑은 너무나 완벽에 가까운 것이라는 것도 알았다. 기대치가 너무 높았던 것이다. 어머니도 사람인데. 어머니도 기분이 있고, 원하는 게 있고 감정이라는 게 있는데. 하지만 난 동화에 나올법한 어머니의 모습을 원하고 있었나보다. 생각은 아래와 같이 수정됐다.

'사랑받지 못했다' → 어머니가 가장역할을 하고, 집안일 해주는 것이 다 사랑하기 때문. 말로 하는 표현이 부족했던 문제. 이런 가정도 많다.

'나는 못생기고 뚱뚱해서 놀림 받을 것이다' → 나는 정상체중이다. 신체적 특징을 가지고 놀리는 사람이 있다면 그 사람의 인성이 잘못된 것. 그렇게 나는 지난날 나를 괴롭혔고 아물지 않았던 상처들을 돌아보았다. 이제는 괜찮은 것이다. 지금 나에게는 가족이 있고, 친구가 있으며 비만이 아니라 정상체중이니깐.

05. 진짜 상처를 알아야 하는 이유

여기서 진짜 상처를 알아야 한다고 말하는 것은, 표면적으로 드러나는 상처로는 진짜 상처를 알 수가 없기 때문이다. 나 같은 경우 외모로 놀림 받았던 경험에서 상처를 받게 된 건데. 내 얼굴을 보고 상처가 된건 아니다. 그것을 가지고 놀림 받았고, 그 놀림으로 인해 나는 '사랑 받지 못해'라는 상처가 남은 것이다. 그래서 이 상처를 치유하지 않는 한 살을 빼고, 성형을 했다고 해도 자존감이 높아지지 않는다. 아무리 많은 이들이 외모에 대해 칭찬해도 만족감이 들지 않는다. 공허하다. '내가 완벽하게 예쁘지 않아서일까?'라고 잘못된 원인을 생각하게 된다. 어느 날 외모가 못 나보일 때, 내 곁에 있는 사람들이 떠나갈까 봐 덜컥 겁이 난다. 외모에만 집착하게 되는 것이다. 하지만 사람 관계를 이루는 것은 외모만의 문제가 아니다. 같은 취미나 관심사, 혹은 여러 사건을 통해서 소통할 때 생기는 마음들의 복합적인 결과다. 외모 하나에만 집착하다간 오히려 관계에 필요한 다른 요소들을 놓칠 수 있다. 관심, 배려, 위로, 즐거움, 신뢰 같은 것들 말이다.

내가 인간관계를 이어 나가지 못하도록 만드는 진짜 상처는 '외모'가 아니다. '사람에 대한 불신'이다. 그 '불신' 때문에 관계를 오래 유지하지 못한 채 끝나버리는데, 나는 또 그 이유를 순전히 '나의 외모'라고 생각했다. 인간관계 실패 경험은 계속 되고, 그럴 때마다 외모 탓으로 돌리는 악순환이 반복된다. 결국 나는 외모 때문에 인간관계 형성에 실패하는 사람이라고 스스로 생각하게 돼 버린다.

06. 자아 가치감과 자아 효능감

어느 책을 읽었다. 자존감을 구성하는 것은 자아가치감과 자아 효능감 두 가지가 있다고 했다. 심리학을 제대로 연구하지 않아서 자세히는 알지 못하겠지만 나는 저자가 설명하는 그 요소들에 크게 공감했다.

가족 이외의 또래 친구들로부터 외모로 인해 자기 가치감이 낮아졌다. 또 한 편으로 충분한 관심을 받고 자라지 못했던 것으로 인해 나는 항상 나 자신을 걸림돌이, 실수투성이 아이라고 생각하고 있었던 것 같다. 나 자신의 가치를 낮게 봤던 것이다. 또한 내가 해놓은 성과들에 대해서도 긍정적으로 생각하지 못했다. 내가 한 업적에 대해서 외부의 인정을 받든, 아니면 스스로라도 인정하고 의식할 수 있어야 했는데 그런 것이 없다 보니 부정적인 것만 기억에 남고 긍정적인 성과는 아무것도 남지 않았다. 나이가 들고, 몸이 커져도 의식은 여전히 아무것도 못 하는 어린아이에 머물러 있었다. 어려움이 닥치면 해결하려고 하기보다는, 갓난아기가 그러하듯 울기만 했다. 울고 있으면 으레 누군가가 다가와 무슨 일이냐고 물었고, 그제야 나는 자초지종을 설명했다. 왜 울어야 할 때까지 갔냐고? 제대로 의사를 표현할 방법을 몰랐다.

07. 꾸지람

내가 상담사에게 찾아갔을 때, 가장 놀란 것이 있다. 상담사는 나의

이야기를 쭉 듣더니 한 마디 했다. '왜 자신을 괴롭히고 있어요.'

그 말이 지적으로 들린 것이 아니라 걱정으로 들렸다. 자기 자신을 괴롭히고 있는 내담자에 대한 안타까움이 묻어났다. 그러니깐 그 선생님은 나보다도 '나'의 상황을 안타까워하는 것이었다. 그 말은 나의 머리를 한 대 치는 것 같은 기분이 들었다. 타인보다 나 자신을 소중하게 여기지 못하고 있다니. 나는 그 이후로부터 의식적으로 나 자신을 소중히 여기고, 존중하기 위해 애쓰기 시작했다.

08. 외적 변화

살이 빠지기 시작했다. 없던 쇄골이 생기고, 콧대가 조금 올라온 것 같았다. 묵직하던 뱃살이 줄어들었다. 쌍쌍바처럼 서로 짝 달라붙어, 여름에는 늘 땀이 차오르던 허벅지 사이가 벌어졌다. 매장에서 파는 기성복 옷이 맞았다. 굳이 빅사이즈 쇼핑몰을 뒤적거리지 않아도 됐다. 몸이 가벼워졌다. 나는 뛸 듯이 기뻤다.

하지만 곧이어 나에 대해 살짝 실망했다. 이제야, 살이 빠지고 나서야 비로소 나 자신이 좋다고 생각하다니. 이제야 거울을 좀 들여다볼 용기가 생기다니. 이제야 사람 같다고 생각하다니.

그 누구보다도 나를 헐뜯고 무시했던 건 나라는 생각에 슬퍼졌다. 얼굴과 몸매를 평가하며 재잘거리던 사람들과 내가 다를 바 없다는 생각이 들었다.

하지만 그것도 내 자신의 모습이라, 어쩔 수 없다고 생각하고 받아들였다.

난 그날, 나에게 욕하고 비난했던 것을 사과했다.

"미안해. 나도 어쩔 수가 없었다. 못생기고, 뚱뚱한 게 잘못이라고 생각했거든."

09. 의심이 들 땐 이 글을 읽어줘

가끔씩 의심이 들 때가 있다.

업무 능력이라던가, 자기 자신의 매력이라던가. 사랑하는 사람과의 친밀함이나 유대관계에 대해서 의심이 든다.

"진짜 내가 잘하는 일일까?"

"진짜 내가 매력 있을까?"

"진짜 저 사람은 나를 사랑할까?"

물론 내가 아무 일이 없는데 갑자기 전기 충격이라도 걸린 것처럼 번뜩 의심이 머릿속에 생겨나는 건 아니다. 의심이 든다는 건, 의심이 들게 하는 상황이 온다는 거다. 예를 들어 내가 일을 잘한다고 생각했는데, 잘 해결되지 않거나 성과가 나오지 않거나. 나는 매력 있는 사람이라고 생각했는데, 상대에게 관심 받지 못하는 경우. 사랑하는 사람이 나 말고 다른 사람이랑 친밀함을 쌓아 가는 모습을 목격하는 경우처럼 말이다.

물론 정말 이성적으로 좋아하는 남자가, 다른 여자랑 대화가 나보다 훨씬 잘 통하는 것처럼 보인다면 질투가 나기야 하겠지만. 그런 경우가 아니라면, 친하게 지내는 데는 여러 가지 이유가 있는 것이다. 세세한 상황을 알지도 못하고. 질문해보지도 않고 소통해보지도 않고서 판단할 것은 아니다.

10. 평범한 신체

나는 외모에 있어 '보통'이라는 기준에 의문이 들기 시작했다. 표준보다 낮은 체지방량을 달성했지만, 선천적으로 근육이 많은 체질이고, 키가 크다 보니 난 여전히 덩치가 컸다.

나는 더 완벽한 신체를 만드는 일은 포기하기로 했다. 딱히 별다른 이득이 있어 보이진 않았다. 나는 그냥 이대로 살아도 괜찮을 것 같았다. 누구는 내 다리의 근육이 너무 많다고 할 수도 있겠고. 허벅지가 너무 굵은 것 아니냐고 할 수도 있겠다. 하지만 나는 정상체중에 건강하기 때문에. 지방을 더 줄이려는 노력은 하고 싶지 않다. 타인의 시선이 두려워 살을 빼려고 하는 일은 더는 하고 싶지 않다.

11. 과거에 대한 집착

대부분 상처들은 현재형이라기보단 과거형이다. 과거에 일어났던 일이고 더 이상 일어나지 않는데도 불구하고 트라우마처럼 남아서 나를 항상 괴롭히는 것이다.

나도 과거의 경험에 상처받았고, 그 상처에 대해 보상 받고 싶었다. 하루가 지나고, 일주일이 지나고, 일 년이 지나도. 만족스럽지 못했던 그 순간을 기억하며 고통받았다.

그랬더니 현재를 잃어버리게 되었다.

'이미 지나간 일이야.'

라는 말이 그토록 무책임하게 들렸었는데.

그만큼 정답인 것도 없었다.

과거에 집착하다가 현재의 소중한 것을 놓쳤고, 받았던 상처가 아물 수 없게 됐다. 나 스스로가 그 자리를 덧나게 만들고 있었다.

과거에 벗어나기 위해서 필요한 생각이 있었다.

이미 지나가 버린 것을 바로 잡고 싶다면. 과거를 계속 붙잡고 있지 않더라도 현재를 통해 앞으로 충분히 나아갈 수 있다는 것.

현재의 노력을 통해 앞으로 더 괜찮아질 수 있다고 믿는 것.

그것을 깨닫자 과거를 꽉 쥐고 있던 손에 힘을 풀었다. 그리고 그동안 쥐고 있던 것들 놓아주었다.

쥐고 있던 것을 놓았더니, 처음에는 허망했다. 그게 뭐라고. 썩은 거라고 해도 꼴에 그 무게가 있었는지 없어지니 허전했다.

그 허전함이 주는 불편함은 얼마 가지 않는다. 이제 다시 쥘 것을 찾아보게 되더라. 과거 말고 더 좋은 것. 갖고 싶은 것. 새로운 것. 그런 것들을 둘러보게 된다.

비가 내린 어제를 생각하기보다 오늘의 햇살을 오롯이 즐길 수 있음에 평온하고 행복했다.

12. 자존감 키우기는 근력운동

친구랑 잘 지내다가도, 어느 순간 이 친구와 내가 맞지 않는 순간을 만나듯. 나 자신을 사랑하는 일도 그러했다. 어제의 나는 만족스럽지 못했지만, 오늘의 나는 사랑스러울 수도 있다. 일주일 전의 나는 매력적으로 보였는데. 오늘 거울에 비친 내 모습을 보자니 거지꼴이 따로 없다.

내가 나를 사랑하는 정도가 일정 기간 일정한 수준을 유지하는 것이 첫 번째 목표다. 나 혼자 있을 때는 아무런 문제가 없고 편안한 상태가 되면 안정적으로 된다.

하지만 다른 사람과 만나면서 우리는 무수히 많은 자존감에 영향을 받는다. 이럴 때 자존감은 바다의 거친 파도에 밀려나지 않도록 내리는 닻과 같은 역할을 해주어야 한다. 가족과 친척들이 모인 명절날, 삼촌이 나의 직장을 형편없다고 평가할 수도 있다. 직장 상사가 이렇게 쉬운 일도 못하냐고 사람들 앞에서 면박을 줄 수도 있다. 모임에서 만난 상대가 나를 보고 멋지다고 칭찬해줄 수도 있다. 한편, 그 모임에서 그렇게 칭찬받는 나를 보고 누군가가 시기하며 나를 깎아내리려 들지도 모른다. 우리는 아무런 문제가 없어 보이지만 태어난 이후로부터 계속해서 자기 자신을 이 세계에 존재시키기 위해 계속 싸워오는 것 같다.

자신의 자존감을 높이기 위해서 타인의 자존감을 깎아내리기도 한다. 우리는 야생 속에 있는 거나 다름없다. 회사라는 밀림 속에 사자가 눈을 번뜩이며 날 먹으려고 입맛을 다시고 있을지도 모른다.

자존감은 저절로 채워지지 않는다. 수많은 사건 속에서 나의 고정관념을 지워야 하고, 타인의 기준에 매몰되지 않도록 자기를 닦아내야한다. 타인 속에 오래 있다 보면 먼지가 쌓이듯 나 자신 위로 타인들의 기준과 가치 평가가 쌓일 수도 있다. 그럼 한 번씩 정리해주어야 한다. 무엇이 나에게 소중한 것인지를. 내가 무엇을 가졌는지를. 남과 비교하는 것들이 얼마나 부질없는 짓인지를. 끊임없이 생각해주어야 한다. 근력을 쓰지 않으면 약해지듯, 반복적으로 생각해주지 않으면 나를 사랑하는 마음 또한 남에게 쉽게 공격받을 수 있다.

내 얼굴에 피부를 가꾸듯 내 속마음도 그렇게 들여다보아야 한다.

13. 예쁘고 잘생긴 사람에게 긴장 하는 나

나는 더 이상 사람들의 눈치를 보지 않게 됐다고 자부했다. 그런데 막상 마카롱 원데이 클래스에서 처음 만난 여자애랑 대화를 나누는데 긴장해버렸다. 여자애는 예뻤다. 눈도 컸고, 얼굴형도 달걀형이었고 예뻤다. 날씬하기도 해서 타이즈에 헐렁한 주황색 티셔츠 차림이 멋져 보였다.

그 아이를 보자 자동적으로 나의 들뜬 화장이 신경 쓰였다. 안경을 쓰고 스트라이프 원피스를 입은 내 모습이 머릿속에 저절로 그려졌다. 그 여자애가 나에게 친근하게 말을 걸긴 하지만 속으로 이 사람은 왜 이렇게 못생겼지? 화장을 잘못하는데? 라고 생각할 것만 같았다.

확실히 옛날만큼은 아니지만, 혼자 있을 때보다는 불안하고 긴장한 건 맞았다. 생각해보니 이 애랑 친해지고 싶은 마음에 잊고 있던 불안이 생겨났다. '나를 싫어하면 어떡하지?'라는 옛날에 갇혀 지냈던 그 감옥이 생각났다.

친해져야 한다면, 내 현재 모습에 집중할 게 아니라 숱한 책에서 읽어왔듯이, 친밀감을 쌓는 방법들을 활용하면 되는 것인데. 하물며 남자친구를 사귀는 것도 아닌데 나의 외모가 걱정스러웠다.

하지만 난 이미 그 생각의 감옥이 잘못된 곳이라는 걸 알았다. 다시 돌아가서는 안될 곳이라는 것도. 현실을 왜곡하게 만드는 끔찍한 곳이라는 것도 안다. 그래서 나는 생각을 고치기로 하고 더 이상 외모에 신경 쓰지 않았다. 그녀는 나와 대화를 재미있어했고 우리는 계속해서 연락하는 사이가 됐다.

14. 그와의 대화

나는 내가 살을 어느 정도 뺐고, 더 이상 살 안 빼도 된다는 이야기도 들었을 때 쯤. 외모에 대한 자격지심은 아예 싹 사라진 줄로만 알았다. 그런데 우연히 내가 자존감이 높다고 생각한 남자와 대화하게 됐을 때, 나의 자존감이 어떤 상태인지 알 수 있었다.

그는 카페에 홀로 앉아 휴대폰을 보며 빵을 먹고 있었다. 나는 반가운 마음에 아는 척을 했다. 보통의 나라면 그 사람을 모른 척하고 1인석 자리에 앉았을 것이다. 왜냐면, 그 사람이 나로 인해 방해받고 싶지 않을 거라 생각했기 때문. 그리고 뚱뚱한 나와 대화하는 걸 싫어할 것만 같은 느낌이 들어서였다.

그런데 웬일인지, 그 순간만큼은 나 혼자 시간을 보내기 무료했고, 대화를 하고 싶었다. 그래서 그에게 다가가 아는 척을 했다. 그는 나를 반갑게 맞이했다. 어떻게 지내냐는 안부인사와 함께 말을 이어가려고 이것저것 질문했다. 그런데, 갑자기 점점 주변이 신경 쓰이기 시작했다. 사실 그는 나보다 15cm 정도는 작아 보였기 때문이다. 나는 키 작은 남자를 싫어하는 게 아니다. 내 덩치가 크게 느껴지기 때문에 신경 쓰이는 것이다. 평균 남자보다 작은 그 사람과 평균 여자보다 큰 내가 함께 있으니 키 차이가 크게 났다. 우리 두 사람을 보고 카페 안에 있는 사람들이 수군댈 것만 같았다.

'저 여자는 왜 이렇게 키가 크대?'

'작은 남자와 큰 여자의 조합이라니!'

이런 생각들을 할 것만 같았다.

게다가 무더운 여름날에 걸어온지라 내 얼굴에는 땀방울이 송골송골 맺혔다. 나는 아득해지는 정신을 애써 잡으며, 그 남자에게 이것저것 말을 건넸다. 하지만 내 머릿속에는 그 사람의 근황보다 나의 화장이 더 신경 쓰였다. 화장은 얼룩덜룩 번졌겠지. 그 생각 때문에 무척이나 불안했고, 시선을 어디다 둬야 할지 몰랐다.

한 편 그 남자는 나의 눈을 마주치며 차근차근 편안하게 말을 했다. 불편한 기색이나 불안한 느낌도 없었다. 상대방은 아무것도 안 했는데 나 혼자 똥마려운 강아지마냥 굴었다. 우리의 대화보다 주변을 더 신경 쓰고 있었다. 집중하지 못한 것에 대해 미안해졌다.

뭐 그래도 발전은 많이 했다. 그 사람이 어떤 표정을 짓든 간에 '나를 싫어할 거야.'라는 생각은 안 했으니까. 먼저 말을 걸었고, 안부를 물었고. 그 사람이 나를 이성으로 좋아하는지 아닌지도 신경 쓰지 않았으니까. 다음번에는 사람들이 그저 나를 '키가 큰 사람이 카페에 들어오는구나.' 정도로밖에 인식하지 않는다는 걸. 기억하면 될 것 같아.

15. 키에 대한 칭찬

"언니, 키가 큰 것 같네요?"

처음 보는 여자애가 나에게 이렇게 말했다.

"응. 173cm 정도 돼."

"와. 멋져요. 키 큰 것 부러워요."

"아. 그래?"

"키는 크고 보는 게 좋은 것 같아요."

이 동생의 말에 옛날 같았으면 나는 이렇게 말했을 것이다.

'난 키가 큰 게 싫어. 작고 아담한 게 좋아. 특히 남자들은 키 큰 여자 싫어하잖아?'

라고 말이다.

그렇지만 이번에는 그 애를 보며 이렇게 말했다.

"아 그래. 키 큰 것도, 키 작은 것도 다 장단점이 있는 것 같아."

그 애가 '언니, 왜 그렇게 생각해요?'라고 묻지 않았지만, 난 이렇게 설명했다.

"옛날에는 키 작고 여리여리한 애들이 부러웠는데, 지금은 그냥 내 모습 받아들이기로 했거든."

16. "요즘에는 다이어트 안하나봐?"

한창 살을 뺄 때 봤던 아는 언니를 한 달 만에 다시 보게 됐다.

나는 살이 10kg 빠졌다가 다시 4kg가 도로 찐 상태였다. 체질량 지수는 아직까지 비만이 아닌 덕분에 다시 살이 쪄도 난 태평했다. 몇 kg의 몸무게 가지고 스트레스 받아봤자 더 역효과가 날거라는 것도 알았다. 그런데 그 언니는 내 몸을 슥 보더니,

"다이어트 계속 하고 있어? 요즘에는 안하는 가보네. 살이 좀 찐 것

같다?"

이렇게 말했다. 옛날 같았으면, '정말요? 그렇게 보여요? 어떡해! 오늘 저녁부터 굶어야겠다!'라며 호들갑을 떨었을 것이다. 게다가 불어난 것 같은 살에 스트레스 받고 불안해했을 것이다.

그러나 나는 그 언니의 말에 그냥 태평하게 '아, 그런가봐요.' 하고 넘겼다. 크게 신경쓰지 않았다.

비록 날씬하고 예쁜 몸매라기보단 그냥 건장한 몸매이긴 했지만. 불편할 정도로 뚱뚱한 것 아니었기 때문에 스스로 만족하고 있는 모양이었다.

나는 이렇게 생각할 수 있다는 것이 놀라웠다. 살이 엄청나게 빠졌다가, 다시 조금 찐 '나'. 이제는 그런 '나'도 사랑하는 것 같다.

17. 공격이 최선의 방어인 사람들

내가 자존감이 낮아서 힘들었던 적도 있었고, 다른 사람이 자신의 자존감을 세우기 위해 나를 깎아내리려 했던 것도 겪었다. 자신의 불안한 자존감을 감추기 위해 나를 공격하는 것이었다. 그래서 그런 공격을 받는다고 느꼈을 때, 아니 적어도 기분이 나빠졌을 때 나의 보호막을 잘 쳐야 한다. 자존감이란 보호막 말이다.

보호막 속에서 돌을 계속해서 던지고 있는 상대방을 유심히 보자. 왜 저 사람이 이토록 나를 깎아내리려고 하는지. 얼마 지나지 않아 그 또

한 자신을 존재하게 하려는 가엾은 몸부림에 지나지 않는다는 걸 알게 될 것이다. 그렇다면 그 공격이 그렇게 아프게 느껴지지 않을 것이다.

18. 위협

소개팅을 했다. 지인으로부터 소개받은 우리 두 사람은 서로에 대해서 탐색하기 시작했다.

그 남자는 나를 직접 만나보고 싶어 했다. 그 말에 나는 겁부터 났다. 거울 앞에 서자 내 팔뚝과 허벅지는 너무나 굵어 보였다. 화장도 잘 해낼 자신이 없었다. 뚱뚱해서 나가기 부끄럽다고 하니깐 그 쪽에서 나를 다독였다. 그 설득 끝에 나는 그를 만나러 갔다.

약속 장소에서 그를 처음 만나는 순간. 그리고 내가 그의 눈을 봤을 때 안도감이 들었다. 나를 싫어하는 것처럼 보이지는 않았기 때문이다.

우리는 밥을 먹으러 갔고. 맛있는 음식이 나왔다. 새로운 만남에, 그리고 그가 나를 싫어하는 것 같지는 않다는 생각에 기분이 들떴다.

물론 그가 아래의 말을 꺼내기 직전까지 말이다.

그는 여태 만났던 여자들 얘기로 넘어갔다. 첫 만남에 과거 여자 얘기라니? 하지만 난 꽉 막힌 사람이 아니라며 요즘 시대에 과거 얘기 따위 얼마든지 할 수 있는 것 아니냐는 자세를 취했다. 내가 그 남자의 말을 잘 듣고 있자 남자는 신나서 더 떠들어댔다.

"예쁜 애들은 공주님처럼 모셔야 하고, 다 맞춰줘야 하거든."

자신의 연애 경험 속에서 우러나온 깨달음인 모양이다. 그러다 나를 슬 보고는 말을 이었다.

"근데 너는 안 그래도 될 것 같아서 좋아."

나는 절로 인상을 찌푸렸다. 입안에 음식은 모래알처럼 느껴졌다.

차라리 '성격이 털털한 것 같아서 서로 대화가 될 것 같다.'라고 말했다면 기분이 덜 나빴을지도 모른다. 앞에 전제가 '외모'이지 않은가.

그 남자 기준에서 무엇이 예쁜지 아닌지 판별하는 것은 그 사람 자유다. 그 사람의 기준에 내가 예쁜 여자인지 아닌지 판가름 나는 건 내 알 바가 아니다. 그 사람 머릿속 심사위원단이 하는 일이니깐. 그런데 저 사람이 나에게 매기는 값어치가 내 자신에게는 전혀 도움 되지 않는다.

게다가 난 나의 생김새 때문이 아니라 그저 '나'라서 나 자신을 존중한다. 난 나를 공주대접 해줄 수도 있고, 왕처럼 대해줄 수도 있다. 그렇게 나에게 90점을 주는 존재가 있는데, 50점을 주는 사람이 마음에 들 리가 없다.

난 누군가의 하녀가 되면서까지 그 사람과 관계를 만들어 갈 바엔 나 혼자 사는 행성의 고독한 왕이 되는 게 낫겠다 싶었다.

나는 그 남자를 거절했고, 그 남자는 왜 자신이 거절당해야 하는지 이유를 모른다는 반응이었고 몇 번이나 전화를 했다.

나는 그 전화를 받지 않았다.

19. 점

어느 날 그녀는 나의 피부를 빤히 보더니 말했다.

"점을 없애고 파운데이션을 엷게 바르는 게 어때?"

그 언니는 내 얼굴 알알이 박혀 있는 점들이 마음에 들지 않는 모양이었다. 사실 난 내 입가에 있는 점이 맘에 들어 하고 있었다. 나는 밋밋한 얼굴보다는 어딘가에 점이 있는 게 좋았다. 그게 말 그대로 'point' 같았으니깐.

그런데 그녀는 '점'을 맑고 깨끗한 피부표현을 방해하는 악질적인 존재라고 생각하는 모양이었다. 나는 순간 갈등을 느꼈다. 깨끗한 피부와 점을 살리는 것 중에 무엇을 택할 것인가? 아니, 포인트가 된다고 생각하는 것도 나만의 생각 아닐까? 다른 사람들은 그렇게 생각하지 않을지도 몰라. 그녀의 기준이 옳은 게 아닐까 하는 생각이 들었다.

그러다 곧 '왜 타인의 기준에 따라야 하는가?' 하는 의문이 들었다. 그녀의 미의 기준을 따른다고 해서 내가 행복할까?

만일 점을 뺐다고 하자. 나를 제외한 모두가 점 뺀 일에 대해 입이 마르도록 칭찬했다고 하자. 하지만 나는 전혀 어디가 예쁜 건지 모르겠다면, 나는 나 스스로 만족할 수 있을까. 세상 사람들이 모두 아름답다고 하는 행동을 한다고 해서, 내가 과연 행복해질 수 있는걸까?

20. 트라우마를 겪은 한 남자

내가 아는 남자 중에 외모에 대한 상처가 큰 사람이 있다. 그 사람은 그 시절이 트라우마가 되어 그때 일이 생각날 때마다 괴로워 잠을 못 이룰 정도라고 했다.

그 남자는 살을 빼고 얼굴 반을 가렸던 안경을 벗어버리고 체중도 정상 체중을 유지했다. 그러자 자기가 느끼기에 주변 사람 반응이 좋아지게 됐다고 한다. 직접적으로 여성들에게 외모 칭찬을 받기도 했다. 외모로 호감을 얻어 연애를 하게 되기도 했다. 하지만 그런 긍정적인 경험을 타인으로부터 받았다고 하더라도 자신이 수긍하지 않는다면 자존감이 올라가지는 않는다.

그는 여전히 외모에 대한 칭찬을 들어도 "나를 왜 좋아할까. 나는 여전히 못난 사람인데." 이런 생각이 든다고 했다.

그는 학창 시절 같은 반 아이들에게 놀림 받았던 기억이 지금도 생생하다고 한다. 그는 외면은 변했지만, 내면까지 변하지는 않았다고 했다. 그리고 그는 내면은 쉽게 변하거나 고쳐질 수 있는 게 아니라며 낙담했다.

21. 쓸모 있고 싶은 사람

'3개월 내로 몸 만들어서 바디 프로필을 찍을 거야. 토익은 930점이

목표지. 오픽 시험 준비를 해볼까 해. 물론 업무 역량도 떨어지면 안 되겠지.'

그는 자신의 올 한 해의 프로젝트를 이야기하기 시작했다. 해야 할 것들이 많았다. 그는 정상체중인데 근육질의 몸을 만들고 싶어 했다. 그래서 매일 1시간 이상 헬스장에 가서 근력운동을 하고 운동한 것들을 사진으로 남기기도 했다. 그렇게 관리하고 영어 점수를 더 높게 받기 위해서 공부한다고 했다. 나는 그와 진득하게도 그렇다고 너무 멀지도 않은 사이로 지냈다. 그렇게 떨어져서 본 그에 대한 이미지는 항상 부지런했고 자기 계발에 열심히 하는 사람이었다.

나는 그의 목표들을 들으며 칭찬했다.

'참 발전적이네요.'

내 말에 그는 머쓱해져서 말했다.

'그렇다기보다는, 내가 무언가를 하지 않고 능력을 쌓지 않으면 가치 없다고 여겨져서. 쓸모 없다고 여겨져서 그래.'

그 말에 중고등학교 때의 내가 생각났다. 어떤 학업적 성취를 통해 자존하려는 몸부림. 발전도 좋았지만, 나는 커지는 불안감을 감당 할 수가 없어 그만하기로 했다. 자기 계발을 하는 것은 좋지만, 발전하지 않는 나라도 가치가 있다. 의미가 없는 게 아니다. 사람들에게 인정 받고 자신의 존재를 증명하기 위한 끊임없는 자기 계발은 독이 될 수 있다.

22. 나 자신 인정하기

아무리 자신이 많은 것을 이루어 냈다고 하더라도, 스스로가 그것을 가치 있게 여기지 않는다면 아무 소용이 없다. 가끔 어디에서 '칭찬을 많이 하면 자존감이 높아진다'주장하지만 나는 그렇게 생각하지 않는다.

예를 들어, "너는 공부를 잘하는구나.", "너는 예쁘구나."라고 칭찬을 들었다고 하자. 나 있는 그대로 인정받았기 보다는 '좋은 성적', '좋은 외모'로 인정받았다는 기분이 든다. 그래서 성적이 떨어지면, 얼굴이 못나지면 사람들에게 사랑받지 못할까 전전긍긍하게 된다.

제일 중요한 일은 성적이든 외모든, 가지고 있는 것들에 대해서 스스로 인정하는 것이다. "에이. 겨우 그게 성취야?"라고 주변에서 말할 수 있지만 이 말은 무시해야 한다.

나는 너무 많은 것들을 이루어 내왔다. 내 삶에 마주하는 기본적인 도전에 맞서서 대처했으며 이겨 내왔다.

특히나 자기가 한 일에 대해서 가치 없게 여기면 안 된다. 나는 신나게 그림을 그려서 누군가에게 보여줬는데, 그 사람은 심드렁하게 이렇게 말했다.

'그게 뭐 잘했다는 거야? 누구나 할 수 있는 거야.'

유년기에 들었던 그 목소리는, 어느덧 그 목소리는 나의 목소리가 되어, 나 자신에게 외치고 있었다. 성인이 된 지금까지도 내가 지나온 발자취들을 별 것 아니라며 무시해 왔던것이다.

어느 날 그 사람에게 내가 어린 시절, 왜 그렇게 내가 한 일에 대해서 가치 없게 여겼는지 물어봤다. 그러자 그 사람은 이렇게 대답했다.

'네가 게을러질까 봐. 자만할까 봐. 더 노력 안 할까 봐 그런 거야.'

목소리는 내 목소리가 돼서, 매일 같이 나에게 이야기한다. 하지만 그러면 결국 자기 가치만 떨어질 뿐. 오히려 열심히 하는 데 방해가 되는 것을 뼈저리게 느꼈다. 오늘 이런이런 일을 했다고 인식하고 인정하는 것. 스스로 인정하는 것. 만족할 수도 있고 더 잘 해야지라고 생각할 수도 있다. 그렇지만 절대로 가치 없게 여겨서는 안 된다.

두 발로 서는 것부터, 말하고 글을 쓰는 것부터, 에스컬레이터의 두려움을 이긴 날부터. 미술대회에 나가서 상을 받은 것. 시험 100점 맞은 것. 구구단을 다 외운 것. 시험지에서 정답을 찾고, 전교 1등을 하고, 대학을 들어갔고 대학 생활을 마쳤고. 입사했고 돈을 벌고, 혼자 살아보기도 했다. 80페이지가 넘는 장편 소설을 써보기도 했고 전자책으로 내보기도 했다. 몇 권 팔리지는 않았지만, 작품이 뛰어난 것은 아니지만 그게 중요한 게 아니다. 나는 이 일을 해냈다.

또 인생 전반을 괴롭히던 살과의 전쟁에서 좋은 성과를 냈다. 나는 10kg를 감량하고 유지하고 있다. 그리고 나의 상처를 돌보고, 두려움을 이겨 내가고 있다. 더욱더 건강한 사람이 되기 위하여 갈고 닦고 있다. 난 늘 열심히 살고 있고, 그에 따른 좋은 결과들을 마주하고 있다.

폭격으로 폐허가 된 나의 마음에 새롭게 땅을 갈고, 기둥을 세우고 지붕을 올리고 있다. 나를 사랑하지 않았던 것을 좇았던 지난날을 버리고 나를 정말 소중히 하는 존재를 찾아 관계를 다시금 만들고 있다. 그리고 그 성과가 나타나고 있다. 이걸로 누군가보다 뛰어나거나 누구보다 잘났거나 이러려고 하는 게 아냐. 더 이상 '누구보다'는 의미가 없다. 내가 살고 싶은 인생. 내가 해야 하는 일. 내가 하고 싶은 일에 더 집중하는 거다.

내 발자국을 깎아내렸던 나는 안녕. 찬란하고 귀중한 나의 삶의 한 페이지니까.

이렇게 내 업적을 인정해주니까 마음이 편했다. 그렇다. 기쁨은 용기로 변해가고, 난 더 잘하고 싶은 마음이 들었다.

23. 타인에 대한 깨달음

거울 속에 있는 나를 계속해서 인식했다. 길거리를 지나다니는 사람들이 더 이상 나를 바라보지 않는다는 걸 알아야 했다. 아니 애초부터 바라보지 않았다.

그 사람이 나랑 말하지 않는 이유에 대해서 나 때문이라는 생각을 버리기로 했다. 그 사람은 집에 안 좋은 일이 있는 걸 수도 있고 피곤할 수도 있다. 나 때문이라는 근거가 없다. 소통하려 하지 않는 사람은 내 버려 두자. 괜히 그 사람의 모습을 보고, 내 얼굴에 뭐라도 묻었나 고민하지 말고.

24. 나는 할 수 있다

새로운 업무가 왔다. 과연 잘할 수 있을까. 불안감이 생겼다. 이것은 감정이 개입할 영역이 아니라 업무를 이해하는 것이 중요한 문제라는 걸 생각해냈다. 월요일 아침에 출근해서 어떤 일부터 하고, 다음에 무슨 일을 해야 할지 계획하기로 했다. 업무를 이해하고자 했다. 약 3주간 동안 업무를 배웠고 3주 후 어느 정도 익숙해졌다. 내가 무슨 일을 해야 하는지 이해하게 된 것이다.

이렇듯 나의 의식을 활용하거나 타인에게 방법을 물어서 일을 해결하면 된다. 어떠한 것도 하지 않았으면서 문제가 어려울 것이라고 단정 짓지 말자.

25. 실수에 대하여

실수를 했다. 나란 사람은 왜 이렇게 칠칠치 못하지? 라는 생각을 했다. 하지만 이내 이 생각은 나의 자존감에 전혀 좋은 영향을 끼치지 못한다는 걸 기억해냈다. 하나하나 꼼꼼히 읽어보지 않아서 생긴 일이었다. 주의와 집중, 기억력의 문제이지 나의 본성과는 상관없다. 이 실수 하나로 아무 일도 못 하는 바보 멍청이인 건 아니란 소리다. 다음번에는 그 부분도 주의 깊게 읽어보면 해결될 문제다. 마음이 한결 편안해졌다.

26. 나를 사랑해주는 사람

나의 기분, 내 생각을 궁금해하는 사람.

의사 결정할 때, 나의 의사가 최우선인 사람.

단체 사진을 찍었을 때, 가장 먼저 나의 얼굴부터 찾아보는 사람.

옷을 살 때, 내 몸이 어떻게 더 매력적으로 보일지 생각해주고 고심하는 사람.

밥을 먹을 때, 내가 먹고 싶어 하는 것부터 물어봐 주는 사람.

내가 쉬고 싶을 때, 쉬게 해주고. 놀고 싶을 때 놀게 해주는 사람.

내가 태어나던 순간. 내가 첫걸음마를 떼던 때. 내가 기쁘고 즐거워했던 것. 그리고 내가 슬프고 아파했던 것들. 내가 좋아했던 사람. 내가 좋아하는 책, 음악, 영화. 나의 꿈과 삶의 방향 등 그 모든 것을 기억하고 신경 써 주는 사람.

그 사람은 바로 '나' 자신

27. 키 큰 여자에 대한 두 남자의 태도

키가 큰 여자가 부담스러운 건 개인의 자유다. 한편 키 큰 여자를 부담스러워하는 여자를 불편해 하는 것도 나의 자유다.

난 개인적으로 키 작은 남자에 대한 편견은 없다. 실제로 내가 3년 동안 열렬히 짝사랑했던 남자는 나보다 키가 훨씬 작았다. 오히려 난 내

체격이 훨씬 크고 거대해서 어울리지 않다는 생각으로 자존감이 낮을 뿐이었다.

내가 정작 불편해지는 상황은 남자가 나보다 키 작은 상황이 아니라 아래와 같이 말하는 거다.

"대체 키가 몇이예요? 내가 더 작은 것 같네."

자존감이 낮았을 때 이런 말을 들으면 괜스레 내가 잘못한 것 같고 덩치 큰 나 자신이 부끄러웠다.

이제는 내가 부끄러워할 게 아니라 그 사람이랑 안 부딪히면 된다. 취향에 안 맞는 거면 두말할 필요도 없고. 나 때문에 괜히 자신의 콤플렉스가 자극되는 게 불편하면 알아서 피하면 된다. 자신의 콤플렉스 때문에 나를 까 내리려 할 때는 맞서 싸워야 한다. 어릴 적에 제가 뚱뚱한 주제에 나를 뚱뚱하다며 놀려대던 그 남자애와 다를 바가 없다.

28. 자존감과 믿음

자존감이란 인간관계나 업무를 하는 데서 자신이 가치가 있는 존재라고 느끼는 감각이다. 그런데 감각은 자극이 있어야 느낄 수 있는 것 아닌가? 그렇다면 사람은 늘 사랑하는 사람에게 사랑을 확인 받아야 하고, 늘 높은 시험점수나 많은 돈을 벌어야 자신에 대한 가치감을 느낄 수 있는 것 아닌가?

자극이 없더라도 안정적인 자존감을 유지하는 데 필요한 것은 '믿음'

이라고 생각한다.

당장 내 입속에 초콜릿을 넣지 않아도 달콤함이 있다는 걸 믿는 것처럼. 사랑의 표현이나 업무 성과가 눈앞에 없더라도, '믿음'의 형태로 남아 있으면 그 감각을 유지할 수 있는 것 같다.

'가족은 나를 사랑하고 친구들은 나를 좋아하고, 옆에 연인은 나를 사랑해. 나는 이 일을 해냈고 앞으로 다른 일을 배울 수 있을 거야.' 이런 식으로 말이다.

하지만 난 늘 정반대로 했다. '어머니는 나보다 동생을 더 좋아하고 아빠는 가족들에게 무관심하며, 친구들은 나를 지루한 아이라고 생각하고 연락도 하지 않는다. 옆에 연인은 자신이 외로운데 당장 만날 사람이 없어서 나를 만나고 있다. 이 시험점수는 우연히 해낸 것이고, 나는 어떤 업무도 해내지 못할 것이다.' 이렇게 말이다.

한두 번 안 좋은 경험으로 인해 생겨났던 생각과 감각은, 그러한 일이 없는데도 무한 증식해버렸다. 관련 없는 일도 그 굳은 사고의 틀에 넣어버린다. 믿음이 되고 단단한 얼음이 됐다.

부정적으로 생각했던 생각의 가닥들이 하나둘씩 모인다. 모여서 단단한 끈이 되고 매듭을 만들어버린다. 그것이 올가미가 되어 내 목을 조르기까지 했다.

하지만 단단한 얼음이 따뜻한 열기에 서서히 녹아가듯 변하는 것도 경험했다. 내 생각과 달랐던 실제 일들을 계속 인식시키는 것이다. 서서히 굳어있던 것들이 유연해지기 시작하고 풀린다. 6개월 전만 해도 나는 꼬인 매듭을 풀지 못할 거라고 답답해했었다. 하지만 지금에 난 내면의 상처도 치유할 수 있고 꼬인 매듭도 풀 수 있을 것이며 단단한 얼음도 녹아서 사라질 거란 새로운 믿음이 생겨났다.

29. 사막에서 꽃을 피우자

나는 애정 표현이 부족한 부모 밑에서 유대를 형성하기 어려워했고 그로 인해서 많이 외로워했다. 자존감도 낮았다. 하지만 그렇다고 해서 꼭 우울증에 걸리는 것은 아니다. 같은 환경 속에서 자란 내 동생이 바로 그 증거다.

나는 사랑 표현이 부족한 부분에 대해서 포기하고 넘어갔지만 동생은 부모님께 사랑을 얻어 내려 애썼다. 여러 가지 방법을 시도해본 것이다. 그렇게 해서 결국 원하는 것을 얻어냈고 자존감을 채울 수가 있었다. 동생의 이야기를 통해서 알 수 있는 것은 삶에 어떤 태도를 지니느냐에 따라 얻어갈 수 있는 것은 다르다는 것이다. 힘들고 열악한 환경, 정서적으로 지지해주는 사람이 없는 환경이지만 스스로를 사랑하는 마음을 가지다 보면 행복을 유지할 수 있다.

30. 각각 사는 방법이 다른데

SNS를 보면 멋진 일상들이 올라온다. 누구는 생일파티를 일주일을 하고, 명품을 찍어 올리기도 하고. 비싼 음식들, 여행 사진들 등등. 그렇게 나보다 멋진 삶인 것 같은 모습들이 계속 올라오는데 나 자신에게만 만족하기란 쉽지가 않다. 나도 많이 부럽기도 하고, 열등감에 사로잡힐 때가 있다. 그럴 때마다 이렇게 생각하기로 했다.

해바라기가, 장미가, 선인장이 사는 방법이 다르듯. 물을 먹는 양도 햇볕을 쬐는 양도 다르듯. 그냥 다르게 살아가는 방식일 뿐이지 않을까.

비옥한 땅에서 살든 사막에서 살든 자라날 때 어디 아픔 하나 없고, 불편한 거 하나 없을까. 타인이 나보다 더 행복할 거라는 생각도 하지 말고. 내 삶이 타인보다 괴로울 거란 생각도 하지 말고. 나 자신의 삶을 지켜야 한다는 생각이 들었다. 타인의 삶을 살려고 하지 말아라.

31. 자기 책임지기

'나는 나의 행복을 만들 책임이 있다.'

자신의 생각과 감정, 욕구, 꿈 등 그 모든 것들에 대해서 책임지는 건 '나'라는 태도를 가질 때 자존감이 올라간다는 글을 봤다. 오늘 내가 기분이 좋고 싶다면, 나를 기분 좋게 해주는 무언가를 직접 찾아 나서거나 그렇게 행동해야 했다. 삶에 전반적으로 행복하지 않은 기분이 든다면, 주체적으로 행복을 쟁취해내기 위해 움직여야 한다는 말이었다.

성인으로서 자신의 삶에 자신이 책임을 진다는 건 당연한 말로 들리겠지만, 나는 아니었다. 처음 내가 책임감을 갖는 연습을 하기 시작할 때 저항이 상당했다. 너무 짜증이 났다. 피곤하고 귀찮다는 생각이 먼저 들었다. 벌써부터 매서운 파도와 추운 눈보라 같은 시련과 역경이 눈앞에 펼쳐졌다. 그리고 나는 혼자 그 길을 걷게 될 거란 확신이 들면서 외로움이 찾아왔다.

내가 겪었던 대인관계의 문제들은 바로 이런 책임감이 없어서 생겨났다는 생각이 들었다. 외모 콤플렉스로 인해서 사람들에게 다가가지 못했다. 다가오는 사람이 없으니 나는 혼자가 됐다. 그렇지만 투명 인간이 되고 싶지 않았고 소외되고 싶지 않았다. 사람과 친밀감을 형성하고 싶다는 것은 나의 분명한 욕구였다. 고등학생 때까지는 나의 이런 욕구를 받아들여 주지도 못했고, 그런 것들은 사치라며 나 자신의 꿈을 짓밟아버렸다. 그건 사치가 아니었다. 사람한테 상처받을 것이 두려웠던 내가 그러지 말라면서 나 자신의 발목을 붙잡은 거였다.

내가 누군가로부터 버림받았다는 기분에 늘 휩싸이고 아무도 관심 주지 않는다고 생각이 들었던 이유가 여기에 있는 것 같다. 나를 보살피고 책임질 존재는 결국 '나'인데 '나'라는 양육자가 자녀를 돌보지 않은 셈이었다. 그래서 어리고 연약한 '나'는 계속해서 울기만 했다. 배고픔을 해결하기 위해 아기가 우는 것을 선택한 것처럼. 하지만 거부당했고, 무시당하니 자기존중감이 낮아질 수밖에. 그 바람에 어려운 현실을 헤쳐 나가지 못할 거라는 자기 확신이 생기고 불안이 생겨났다.

내가 스스로 책임져야 한다는 걸 알았을 때 불안감부터 먼저 들었고 저항도 심해서 연습하기가 어려웠다. 그럴 때 내 인생 속 여러 문제 속에서 내가 어떻게 헤쳐 왔는지 곱씹어보았다. 누군가에게 도움을 받기도 했다. 현명했다고는 할 수 없지만 어쨌든 나 나름대로 방법을 고안하기도 했다. 그래, 어떻게든 해결해왔고, 그것은 더 나은 방향으로 발전했다. 그 사실을 계속 의식하자 조금씩 책임에 대한 두려움이 낮아졌다. 그리고 무언가 자유로웠다. 이제 내 삶과 내 기분, 내 세상을 나 스스로 만들 수 있을 것 같았다.

책임 옆에 두려움이 완전히 물러가면, 그 자리에는 자유가 깃든다는 걸 알았다.

32. 영화 한 편

살을 뺀다고 해서 엄청난 변화가 생기는 건 아니다. 성형하지 않는 이상 말이다. 나는 여전히 쌍꺼풀 없는 작은 눈매를 지녔고 콧대는 낮다. 엄청난 압축률을 자랑하는 안경을 끼고 있기도 하다. 21세기 대한민국 미인상에 걸맞은 외모도 아니고, 정말 어디 가서 예쁘다라는 이야기를 들어본 적 없다. 그런 나에게 참 희한한 습관 하나가 생겼다.

요즘 난, 책상 유리 밑에 내 사진을 끼워놓고 틈날 때마다 보고 있다. 사진 속 주인공은 편의점 알바를 하고 있었던 모습이었다.

나는 물끄러미 그 알바생을 관찰했다. 곧 그 인물을 영화 속 주인공으로 생각하기로 했다. 예쁜 여자가 나오는 로맨스물로 설정할 수는 없었다. (아직 그 정도의 자존감은 아니었나 보다.) 어쨌든 성장영화나 다큐멘터리 영화 그 어디쯤이라고 가정했다.

사실 그런 장르의 영화를 볼 때 그 인물의 얼굴을 보는 건 몇 분도 안된다. 그 인물의 삶의 태도나 역경, 그것을 극복해내는 의지에 대해서 집중하게 되고, 그 인물에 빠져들게 된다.

편의점에서 겪게 되는 사건. 그녀의 희로애락, 편의점 알바를 하는 이유와 같은 그런 요소들에 집중하기 시작했다.

그런 시각으로 보기 시작하자, 외모에 대해 생각이 점점 흐려졌다.

난 그 사람의 내면에 대해 알고 있다. 그녀는 곧잘 실없는 소리를 한다. 털털해보기인 하지만 사실 그녀는 두려움이 많고 항상 불안해했다. 이렇게 알바를 하고 있는 것도 무수한 고민 끝에 어쩔 수 없이 나온 것이다. 일하는 게 피곤해서가 아니라, 사람들이 자신을 싫어할까봐였다.

그녀는 대부분의 사람들이 타인에 대해 무관심하다는 것을 몰랐다. 물건을 계산해주는데 아름다움이 필요하지 않다는 사실을 인식하지 못한 듯 해보였다. 그녀는 늘 자신이 만들어 놓은 틀에 갇혀서 자신을 괴롭히고 있었다.

그녀는 자신의 가치를 낮게 여기고, 이 험한 세상을 견뎌내지 못할 거로 생각하고 있었다. 모든 사람이 자신을 싫어할 거로 생각하기도 했다. 하지만 그녀의 생각은 틀렸다. 그녀는 나름 좋고 유쾌한 친구였다.

외모로만 모든 것을 평가하던 냉철한 관람객의 태도가 변했다. 사람 대 사람으로 영화 속 인물을 보고자 했고, 좋은 친구가 되어주기로 했으며, 그녀를 사랑하기로 했다.

이렇게 생각하자 나는 더는 내 외모에 집중해있던 신경을 다른 데로 돌릴 수가 있었다. 나의 외모가 어떻든 간에. 나는 나를 사랑한다고 당당하게 말할 수 있었다.

33. 가치 있는 존재가 되기 위한 몸부림

여태까지 내 삶은 자존감이 너무 낮아서 우울하고 불행했던 것 같다. 그리고 20대 때는 은 자존감을 올리는 여정이었다.

나는 매 순간 공허함에 시달리곤 했다. 많은 세월 나는 타인에게 사랑받지 못하기 때문에 그러한 감정을 느낀다고 생각했다. 하지만 이 모든 일의 원흉은 바로 내가 나를 사랑하지 못해서 벌어진 일이었다. 자존감을 쌓으려고 노력하자 빠른 속도로 공허함이 사라졌고, 삶은 기쁨과 꿈으로 차오르기 시작했다.

우수한 학생이 되기 위한 거면 좋은 성적이 필요하고, 유능한 직원이 되기 위해서는 업무성과가 필요하다. 가치 있는 존재가 되고 싶다면, 실제로 그 가치가 있어야한다. 하지만 내가 나를 사랑하는 데는 오히려 조건이 있으면 안 된다.

내가 나를 좋아하는 데는 이유가 필요 없다는 사실은 너무나 놀랍고 생소했다. 얼굴과 몸매가 좋아서도 아니고 공부를 잘해서도 아니고, 돈을 잘 벌어서도 아니다. 그저 나이기에 소중하다니! 이 감각은 28년 만에 처음 느껴보는 감각이었다. 나 자신이 소중하다는 느낌은 너무나 포근했고, 드디어 내가 찾아 헤맸던 곳을 찾은 느낌이다. 안락한 집. 나의 집. 그것은 타인이 아니라 나 자신이었다.

34. 인정받지 못한 꿈에 대하여

그 사람은 자신의 실패한 꿈에 관해 말했다. 그는 수년 동안 시험을 준비했다. 아침에 일어나면 공부했고, 하루종일 공부만 했다. 다른 친구들이 전부 취직해서 스스로 돈을 벌 동안 그는 부모님의 용돈을 받아 쓰면서 고시촌에서 생활했다. 시험에 합격해서, 그동안 부모님께 도움받았던 것도 갚아드리고 기쁘게 해드리는 것을 상상하면서 하루하루 자신을 다독여나갔다.

하지만 안타깝게도 그는 시험에 합격하지 못했다.

실패가 주는 슬픔은 컸다. 그는 자신의 모습을 비관했다. 시험에 합격하지 못한 자기 자신을 존중할 수가 없었다. 점점 연락에 답하지 않았다. 먼저 연락하지도 않았다. 그는 그렇게 당당함을 잃었다.

사랑하는 사람을 잃는 것만큼이나, 사랑과 이별하는 것만큼이나 꿈이 깨지는 것을 보고 있는 것도 괴롭다. 지독한 아픔이다. 꿈이 깨졌을 때, 부서지는 자존감은 어떻게 회복할 수 있는 걸까.

꿈을 이루겠다고 당당하게 말했는데, 그 꿈을 이루지 못했을 때. 나 자신이 쓸모없다는 생각 내가 하고 싶은 대로 하지 못하는 답답함을 느끼게 된다. 그래서 자존감이 떨어지는 기분이 드는 것이다.

나의 꿈은 작가가 되는 것이다. 내 이름 석 자가 적힌 종이책이 나오고, 사람들이 그것을 읽는 것. 사람들에게 어떤 울림을 주는 책을 만드는 것. 그게 내 꿈이었다. 하지만 잘 안되었다. 나는 나의 능력을 의심하기 시작했다. 게다가 현실이 보였다. 시간이 지나고, 나이가 들수록 글 쓰는 일보다는 당장 먹고사는 일에 더 집중해야 한다는 압박감이 들었다. 아직 이루지 못한 꿈을 쓰레기통에 갖다 버려야 할지 고민하고 서 있는 내게 누군가가 말했다.

'글 쓰는 것 자체가 즐거우면 괜찮지 않나요?'

나는 그 말에 퍼뜩 정신을 차렸다. 그리고는 나의 글을 읽던 교수가 한 말이 떠올랐다.

'글 쓰는 게 재밌나 봐요?'

아, 난 베스트셀러 작가가 꿈인 게 아니었다.

물론 그것이 내 글이 좋은 글이라는 어떤 지표가 되어줄 수는 있겠지만 목적이 아니다. 글 쓰는 행위는 수단이 아니라 목적 그 자체였다. 게다가 글 쓰는 능력이 있건 없건, 나는 사랑스러운 사람이었다. 물론 다른 사람들은 나를 어떻게 판단할지 모르겠지만. 나에게 있어 나는 그저 소중할 뿐이다.

그렇다. 나에게 있어, 내 글은 '내가 썼기에' 가치가 있는 것이다.

그동안 내가 두려워했던 건 성공하지 못한 내 글이 아니었다. 주위로부터 인정을 받지 못하는 나 자신의 모습이었다. 내가 두려운 것은 글이 잘 안 써지는 것이 아니라, 주위의 인정을 받지 못하는 것이었다.

내가 진정 원하는 것이 사람들에게 인정받는 것이지 글을 쓰는 것이 아니라면, 나는 계속 두려울 것이다. 하지만 내가 처음 글을 썼던 것은 나의 생각을 말하고 싶어서일 뿐이었다. 엄청난 인정과 사회적 주목을 받고자 함이 아니었고, 그것이 없다고 해서 나의 존재가치가 흔들리는 것이 아니다.

그렇게 생각하자 나는 계속해서 글을 쓸 수가 있었다. 의미와 무의미, 쓸모와 쓸모없음을 놓고서 나의 글을 판단하는 일을 멈추게 됐다. 그냥 오로지 내가 썼다는 자체에 의미를 두게 됐다. 서툰 글이건, 멋들어진 문장이 있는 글이건.

'내'가 썼기에 사랑하는 것이다.

35. "나쁜 말만 듣고, 왜 내 말은 안 들어 주는거야?"

어느 날 내가 심각하게 고민하고 있었다.

"주변 사람들이 날 손가락질 할까 봐 겁나."

그 얘기를 듣던 친구가 단호한 얼굴로 말했다.

"아냐, 너는 틀림없이 착하고 좋은 사람이야."

"아냐. 그렇게 말하지 않는 사람들도 있을 거야."

내 말에 친구는 화난 얼굴을 하더니 이렇게 말했다.

"넌 왜 그 사람들의 말만 들어주고 내 말은 안 들어주는 거야?"

널 잘 모르는, 소중하게 생각하지 않는 사람들의 말은 쉽게 수긍하고 널 진심으로 아끼고 소중하다고 생각하는 사람의 말은, 왜 안 들어주는 건데.

난 그때 깨달았다.

이 친구는 빈말로 말하는 게 아니었다고. 나를 정말로 좋은 사람이라 생각하고 있다고. 그리고 그 진심이 전해지길 바랐다고.

설령 주위에서 날 안 좋게 말하는 사람이 있을지언정 부디 그 목소리에 집중하지 말고 나를 사랑하는 이들의 목소리를 들어달라고.

36. 외로움을 해결해줄 타인이란 없다

나는 외로움을 많이 느낀다. 나의 감정 중 90%는 '외로움'이 차지한다. 우울감은 올 때도 있고 아닐 때도 있는데 외로움은 항상 있는 것 같다. 외로움이 몰려올 때마다 나는 우울해지고 삶을 비관하기 시작한다. 나에게 있어 살아가는 것은 이 외로움의 고통에 시달리는 일이다. 항상 이 외로움에 시달릴 것만 같다.

처음에는 친구가 없어서인 줄 알았다.

물론 나는 학창 시절에 친구가 없었다. 1~2명 있었던 게 아니라 '아예' 없었다. 내 친구들은 드라마나 만화 속 세상의 캐릭터들이었다. 내가 할 수 있는 일은 허상 속 인물이 맺는 인간관계를 대리 체험하는 것이 고작이었다. 하지만 대학교에 들어오고 나서 여러 가지 활동을 하면서 사람들을 얕고 깊게 알기 시작했다. 물론 중, 고등학교 때 제대로 된 사회성을 키우지 못한 탓에 깊은 친구보다는 얕은 지인이 많은 정도였다. 어쨌든 사람들이 주변에 있었다. 그럼에도 나는 외로움에 시달렸다. 특히나 나를 미치게 만들었던 경험은 '사람들 속에 있음에도 외로움을 느끼는 일'이었다. 예를 들면 카페에서 5명의 동아리 사람들과 대화를 나눈다고 치면, 나는 그 속에서 이방인이 되는 감정을 느끼는 것이다. 그 순간의 대화가 재미가 없고 낯설다. 왠지 다른 사람들은 나를 보지 않는 것 같으며 눈길도 주지 않는 것 같았다. 나는 그 순간 그런 현상이 내가 못생겼기 때문이라고 생각했다. 나의 외모가 주는 혐오감에 사람들이 나를 안 좋아하고 나는 혼자가 되는 거라고 생각했다.

하지만 의사와 이야기하면서, 그것은 내가 만들어낸 허상이고 오류라는 걸 깨달았다. 그렇다는 근거가 없다. 근거 없는 느낌에, 슬프고 우울한 감정을 만들어내는 것이었다. 그것을 인식하기 시작하니깐 사람들 속에 있어도 그렇게 이방인처럼 느껴지거나 동떨어진다거나, 관심받지 못할까 봐 두렵고 외롭다는 느낌은 덜 하게 됐다.

하지만 실제로 친구를 만나지 않는 시간은 어떨. 몇십 년을 혼자 지내왔으면서 생각보다 혼자 있는 시간을 못 견뎠다. 그동안 친구 없이 대체 어떻게 살았던 건지 싶을 정도로. 그러니까 매순간마다 폭식을 하면서 외로움을 달래려고 들었던 것 같다. 나는 이 부분에 대해서 상담사와 상담을 나눈 적이 있었다.

"친구가 없어요."

"정말로 친구가 없어요? 이솔님은 어떤 친구를 원하세요?"

"음, 시간 날 때 나와서 같이 놀 수 있는 친구요."

내가 그렇게 말하자 상담사는 싱긋 웃으며 이렇게 말했다.

"그런 친구는 저도 없어요."

아, 나는 머리를 한 대 맞은 것 같았다. 처음에는 이 상담사 분도 대인 관계가 좋지 못한 것은 아닐까 하고 생각했다.

"약속을 잡아서 만나는 친구들이지, 바로 나오라해서 나오는 친구는 저도 없어요. 사실 그렇게 되기란 게 현실적으로 굉장히 어려운 거죠."

상담사의 말을 이해했다. 내가 심심할 때 술 한 잔 기울일 수 있는 친구를 원하는 건 참으로 소박한 일인줄 알았는데, 그건 생각보다 어려운 일이다. 내가 심심한 순간 친구는 퇴근을 해야하고, 야근이 없어야 한다. 또한 타인과의 약속이 없어야 한다. 그리고 놀러 나올 수 있는 적당한 거리에 있어야 한다. 내가 부산에 있는데 친구가 서울에 있으면 안되지 않은가. 친구가 술을 마실 수 있어야 하고, 놀러 나오고 싶다는 여유로운 마음도 있어야한다. 이 시대에 그 모든 것을 성립하기란 꽤 까다로운 일인 것이다. 내가 놀고 싶을 때 그 친구는 놀기보단 집에서 쉬고 싶을 수도 있다. 또 그 친구가 놀고 싶을 때는 내가 집에서 쉬고 싶을 수도 있다. 내가 심심할 때 가볍게 놀 수 있는 친구 하나 바라는 건 말처럼 쉬운 일이 아니고 엄청난 것을 원하는 일인 것이다.

나는 그 상담사와의 대화를 통해서 외로움이란 감정을 해결해 줄 존재는 없다는 생각이 들었다. 그리고 지금에서 생각하는바, 외로움을 해결하는 건 스스로 해야 하는 일인 것 같다. 자신과 함께 있다는 느낌을 유지할 수 있어야 외롭지 않다는 것을 알았다. 모든 관심과 초점이 바로 나 자신에게 맞춰있어야 외롭지 않다. 하지만 타인이 와서 나를 놀아줄 것을 기대하고 있는 것은 외로움을 느끼는 시작점이 될 것이다.

물론 친구와 타인과 함께해서 즐거운 시간도 있다. 혼자 밥먹는 시간보다 타인과 도란도란 이야기하며 먹는 밥도 맛있다. 그렇다고 절대적으로 타인과 같이 있는 게 나혼자 있는것보다 즐겁다는 것은 아닌 것 같다. 적어도 나는 그렇다.

37. 유난이 아닙니다

"유난 떨지 마."

힘들어하는 나에게 나는 매정하게 말했다. 솔직히 말하자면 아무 일도 없었다.

아침에 되어 눈을 떴다. 그리고 하루를 시작했다. 이불에서 일어나기가 너무 싫다. 회사에 가기 싫다. 뭉그적거리다가 겨우겨우 일어났다. 답답하다. 출근을 했지만 아무 감흥이 없다. 지긋지긋한 책상, 매일 같이 반복되는 일. 내 일 아닌 일정으로 채워지는 달력. 남에게 휩쓸려 가는 삶. 내 시간을 바친 대가로 받는 월급. 내 생명을 갉아먹으면서 나는 대체 여기에 얼마만큼 일할 수 있는 걸까. 누군가가 나에게 지적하면 지적을 했던 일이 하루종일 머릿속에 맴돈다. 내가 그렇게 부족한 걸까. 나는 이 회사를 나가면 제대로 밥벌이나 할 수 있을까. 내가 너무 무능하다고 느껴진다. 기나긴 시간을 끝내고 퇴근하고, 딱히 만날 시간이 없다. 저녁을 어떻게 때워야 할지 고민이다. 혼자 밥을 먹기도 싫지만 그렇다고 누군가를 찾아 헤매기도 버겁다. 지친다. 밥을 먹고 나면 엄청난 외로움이 찾아온다. 내가 왜 살아야 하는지 왜 이런 삶을 계속해서 이어가야 하는지 의문이 든다. 애꿎은 휴대폰을 든다. 지인들의 메신저 프로필 사진을 열심히 쳐다본다. 각자 자신의 삶을 살아가고 있는것 같다. 나만 정체되어 있고 나만 물먹은 솜마냥 무기력한 것 같아.

너무 힘든데, 무엇이 힘든지조차 명확하지 않다. 무슨 사건이 일어난 게 아니니깐. 그런데도 내면에서는 힘들고 외롭다는 소리만 해댈 뿐이다. 무엇이 힘드냐고 물어보면, 아무 대답도 하지 않는다. 답답하다 .

"유난 떨지 마."

아무 대답도 하지 못하는 주제에. 자기 자신에 대해서 치열하게 생각해보지 않는 나를 탓하며 나에게 이렇게 말한다. 지금 힘들어하고 있는 거 다 유난이라고. 왜 각박한 세상에서 정신을 차리지 못하고 이렇게 매일매일 어린아이 같은 소리만 해대는 거냐고 윽박지른다. 그게 뭐가 그렇게 어려운데, 뭐가 그렇게 힘든데. 다른 사람들 다 당연하게 살아가는 거 그게 뭐가 그렇게 어려운 건데.

별일이 없는데도 슬플 수 있다. 다른 사람 다 이겨내는 일인 것 같은데 나는 적응하지 못할 수도 있다. 우울증이다. 눈물이 마구마구 쏟아지지 않더라도, 실없는 농담에 가끔 웃는 적이 있다고 하더라도 우울증일 수 있다.

그리고 그 우울증은 결코 유난이 아니다. 아픈 것이다.

내가 우울증이라는 걸 알기 전에 나는 그렇게 나한테 윽박질러왔다. 지금 생각해보면 너무했다. 감기에 걸린 사람한테도 혼내지 않는데. 나는 나에게 그렇게 매정하게 굴었다. 내가 잘되길 바라는 마음으로, 내가 더 강해지길 바라는 마음으로. 하지만 그것은 오히려 역효과가 났다. 우울하고 무기력한 것이 병이고 내 탓이 아니라는 생각이 들기 시작하자 점차 나아졌다.

우울증은 유난이 아니다. 마음이 아픈 것이다. 내가 힘들고 병든 것이다. 나를 감싸 안아줘야 하는 신호다.

혹시나 아픈 자신에게 왜 아프냐고 혼내고 있다면, 손가락질하고 있다면. 이제 그만 멈추고 자신을 안아주자.

38. 생각 찾아보기

병원에 가서 상담 받기 시작할 때, 가장 많이 들은 질문은 이거였다. "폭식하기 전에 무슨 생각을 했나요?"

아무 생각이 없는 거처럼 보이지만, 그 사이에는 찰나의 순간에 어떤 생각이 있었다는 것이 의사의 말이었다. 나는 그동안 내가 아무 생각이 없이 우울해진 줄 알았는데 그게 아니었던 것이다. 우울해지는 상황을 느리게 재생하면, 보인다. 내가 우울해지기 직전에 했던 생각이.

영어 동아리 모임에 나간 적이 있었다. 한 남자애가 소개팅을 받는다고 했다. 나는 우울해졌다. 난 그 남자애랑 친하지도 않았는데 소개팅 받는다는 사실에 우울했다. 순간 내가 그 남자애를 좋아하는 건가 했지만 천천히 내가 했던 생각을 되짚어보았다. 그러니까 나는 그 남자애가 소개팅을 했고, 만약에 내가 이상형이었다면 나를 좋아할 수도 있었을 텐데라는 생각을 했고, 결정적으로 "아, 역시 난 남자에게 사랑받지 못해." 라는 생각을 하고 말았던 것이다. 웬 처음 보는 남자가 다른 여자에게 이성적 호감을 보여도 나는 의기소침해지고 우울해졌다. "저 남자가 저 여자에게 호감을 보이는 이유는 내가 호감을 주지 못하기 때문이야." 실제로 그런 것인지는 알 수가 없는 데다가 연결성이 약하지만 난 그렇게 생각했다. 우울증에 걸린 사람들이 쉽게 하는 비논리적인 사고 패턴이다.

현대 심리학은 감정은 어떤 생각에 따라서 만들어진다고 전제한다. 나도 그에 동감하는 바이다. 어떤 상황, 그 상황 속에서 드는 내 생각, 그로 인해 만들어지는 감정. "나 우울해" 이 짧은 단어에 사실은 많은 인지와 사고 과정이 포함되어 있는 것이다. 그것을 깨닫고 나서는 친구가 "기분이 우울해" 라고 말하면 그 사이에 무슨 일이 있지 않았냐고 물어본다. 오늘 무슨 생각을 했는지. 차례차례 거슬러 올라가는 것이다. 사실 아무 이유 없이 우울한 것은 없다. 그 안에는 자기 대화 과정이 포함 되어있는 것이다.

자기가 무슨 생각을 했는지를 잘 아는 방법은 그 생각을 기록하는 것이다. 사실 우울한 상태에서 글을 쓰기란 힘들다. 특히 내 경험으로 나는 감정의 소용돌이 안에 있을 때는 아무것도 하지를 못한다. 글을 쓰지 못한다. 감정에 휩싸여서 당혹스럽기 때문이었다. 이 감정이 무엇인지 생각하려고 애썼다. 최대한 감정을 이야기 하고 감정을 쓰려고 노력한다.

쓰는 것이 힘들다면 감정에 이름을 붙이는 것도 좋은 방법이다. 감정에 이름을 붙이려면 이 감정이 무엇인지 어디서 왔는지 한번은 생각해 봐야 한다. 논리적인 사고의 영역으로 들어오는 것이다. 이 감정이 우울함이었나? 무기력이었나? 어디 어디에서 오는 무기력인가? 슬픔인가? 그렇게 내가 했던 생각을 차근차근 돌아보는 것이 되어야 한다.

내가 무슨 생각 때문에 우울했는지 그 범인을 잡아냈다면 이제는 그 범인을 취조해야할 때다. 정말로 그 생각이 합리적인 생각인지. 타당한 생각인지. 옳은 생각인지. 증거가 있는지 물어봐야한다. 대부분 그렇게 취조하게 들면 그 범인들은 아무 말도 하지 못한다. 논리성이 없기 때문이다. 들이밀 증거도 없다. 결국 범인 철창에 갇히고 더 이상 그 생각은 합당하지 않다는 것을 깨닫는다.

혹여나 오늘도 아무 이유 없이 고통받고 있다고 생각이 든다면, 찬찬히 얘기해보거나 글로 써보길 바란다.

39. 통증

우울증에는 통증도 있다. 아니 통증이라는 건 감각기관에 의한 것으로 생각할 수 있겠다. 하지만 우울증에도 통증이 수반된다. 우리의 뇌는 심리적으로 고통을 느끼면 신체적인 고통과 유사하게 느낄 수 있다고 한다. 그러니까 마음이 쿵쿵 찧듯이 아프다가 진짜 뭔가가 쿵쿵 내려 찧듯이 아픈 것과 같다는 것이다. 하지만 사지 멀쩡하고 어디 피 흘리는 곳도 안보이니 저 사람이 통증이 있는지 없는지 모를 수밖에.

나는 상담을 하면서 나의 통증에 대해서 이러쿵저러쿵 늘어놓다가 그것을 가만히 듣고 있는 의사를 물끄러미 바라보았다. "이런 질문 해도 될지 모르겠지만"이라고 실례를 무릅 쓰고 운을 뗐다.

"의사 선생님은 제가 얼마나 아픈지 어떻게 아세요? 겪어보지 않으셨잖아요."

내가 물었다. 어디서 그런 당돌함이 나왔는지는 모르겠지만 우울증의 고통은 굉장히 주관적인데 이 사람이 어떻게 이해를 할 수 있을까 정말 순수한 의문이어서였다. 의사는 '환자분들이 말하는 것을 통해서 어느 정도 이해하는 것'이라고 말씀하셨다. 덧붙여 '그럼 모든 병은 의사가 걸려봐야 아는 건 아니지 않나'라는 말도 하셨다. 나는 고개를 끄덕였다. 아무리 상냥하고 공감을 잘하시는 의사를 만나더라도 저 분은 우울증을 겪어보셨을까? 겪어보지 않고서 내 고통의 크기는 얼마나 느낄 수 있는 걸까. 그런 의문을 가졌는데 의사의 말을 듣고 납득이 됐다.

[보이는 어둠]에서 저자는 이렇게 말한다. '사람들이 이 병에 대해 이해하지 못하는 것은 대체로 동정심과 공감대가 없기 때문이 아니라, 건강한 사람들의 일상적인 경험에 기초해서는 그 이해할 수 없는 형태의 고통을 근본적으로 상상조차 할 수 없기 때문이다'라고. 아, 나는 저자의 말을 듣고 정상인들이 결코 나를 이해하고 싶지 않아서가 아니라는 사실을 깨달았다. 본디 정상적인 '우울감'을 느끼는 그들에겐 '우울증'이 가져오는 감정의 크기와 고통의 정도에 대해서 상상조차 할 수 없는 것이었다.

저자는 이어서 말한다. '나에게 그 고통은 익사 혹은 질식할 때의 느낌과 거의 맞닿아 있었다. 하지만 심지어 그런 이미지마저도 그 고통을 정확하게 포착했다고 할 수 없다.' 그리고는 적확한 묘사를 하기를 포기했다고 말한다.

질식할 때의 느낌도 맞긴 한데 나의 표현을 빌리자면 그 고통은 '갈가리 찢기는 느낌', '믹서기에 돌아가는 느낌', '송곳으로 찌르는 느낌'이런 정도로 묘사할 수 있겠다. 먹먹함도 느끼고 피부가 짓무르는 느낌의 고통도 함께 온다. 물론 난 피부가 짓물러 본 적도 없고 믹서기에 들어간 적도 없다. 그냥 그런 언어가 적절할 것 같아 보였다.

우연히 이 장면을 보게 됐는데 앞뒤 맥락을 모르는 상태여서도 눈물이 났다. 〈꽃보다 아름다워〉라는 드라마에서 고두심 배우가 '가슴이 아프다'면서 빨간약(요오드용액)을 가슴에 바르는 장면이다. 마음이 너무 아파서, 치료하기 위해 약을 찾다가 집 한쪽에 있는 빨간약을 바르는 것이다. 엉엉 울기보다, 이렇게 묵묵하게 약을 바르는 모습이 더 애처로워 보였다.

오늘도 나는 매끄럽고 정확하게 고통을 전달할 수 있는 언어를 찾아내고자 한다. 아프다고 말해봤자 달라지지 않는다는 사실을 깨달은지는 꽤 오래됐다. 울음도, 비명도 반복이 되면 타인에게는 짜증이 된다는 것도 잘 알았다. 우울의 감정을 세세히 기록하는 건 오히려 역효과가 난다는 글은 본 적이 있는데도 난 그렇게 한다.

정말 잘 담아내서, 아프지 않은 사람들을 이해시켜보려고. 멀쩡해보이지만 그 고통의 크기는 심각하다는 걸.

40. 회귀

눈을 떠보니 눈앞에 있는건 초록색 칠판이었다. 나는 입가에 묻은 침을 소매에 쓱쓱 닦아냈다. 나는 소매를 보고 의아했다. 하얀 교복 와이셔츠였다. 내가 앉아 있는 것은 교실 책상이었다. 분명 나는 내 책상에 앉아서 넷플릭스를 보다가 잠들었는데? 그런데 눈앞에 있는 것은 교실의 칠판이고, 내가 있는 곳은 교실이었다. 나는 책상에 펼쳐져 있는 책들을 봤다. 국어 10 …. 10이면 고등학교 1학년 때 교과서에 적혀 있던 숫자였다. 그렇다. 나는 고등학교 1학년으로 돌아온 것이었다. 내가 넷플릭스를 보고 있었던 때는 2022년이었는데, 현재 난 2007년으로 돌아와 있었다.

당혹스러웠다. 2007년이라고?! 내가 2007년으로 돌아왔다고? 입을 떡 벌리고 놀란 채로 있는 사이 수업 시간 종이 울렸다. 영어 선생님이 들어 왔다. 나는 재빨리 영어 교과서를 읽었다. 내가 학생일 당시에 읽었던 것보다 이해하기는 쉬웠다. 당혹스럽긴 했지만 나는 착실하게도 선생님이 칠판에 적어가는 필기 내용을 교과서에 적어 내려갔다.

점심시간이 됐다. 점심을 먹지 않은 채 나는 운동장 한쪽에 있는 쉼터에 앉아 생각에 잠겼다. 그러니까 나는 고등학교를 졸업하고 대학교를 졸업하고, 20대 시절을 다 보내고 30대를 맞이하고 있는 이 와중에 고등학생으로 회귀했다?! 이런 웹소설 같은 일이!

나는 왜 이때로 돌아온 거지? 나의 우울증이 시작됐던 때였다. 고등학교 3년을 보내고 대학교에 들어간 나는 죽음을 마음먹고 있었다. 눈물이 나기 시작했다. 다시 시작할 수 있어? 다시 시작할 수 있는 걸까? 난, 다시 시작할 수 있는 걸까. 나에게 주어진 것은 기회였다. 모든 것을 되돌릴 수 있는 기회였다. 지나가던 아이들이 날 이상한 눈빛으로 바라봤다. 나는 얼른 눈가의 눈물을 훔치고 교실로 들어갔다. 그런데 한 가지 의문이 생겼다. 인생을 다시 시작할 수 있는 기회이긴 한데 나는 뭘 해야 하는 걸까?

　여기서 학교에 의자에 앉아서 공부만 해야하는 걸까? 나는 그렇게 친구도 없고 외롭고 쓸쓸해하는데? 공부가 다 무슨 소용인가 싶었다. 중학교 때 열심히 해놓은 습관이 있어서 설렁설렁 공부해도, 대학교는 들어갈 수 있을 것이다. 고등학교 졸업하면 누구나 다 할 수 있는 일이라는 일을 하고 있을 것이다. 대충 공부하고 성적 맞는 대로 들어가면 된다. 친구를 만들자. 살쪄서 친구들이 나를 안 좋아할거 같다고? 그럼 살을 빼자. 아이들이 좋아할 만한 사람이 되자. 연예인을 싹 꿰고 드라마도 보고.

　일단 나는 학교 수업시간에는 최대한 집중했다. 그리고 쉬는 시간에 공부하거나 책을 읽는 것 대신 아이들에게 말을 걸기로 했다. 처음 말을 걸 때는 무서웠다. 아이들이 나를 싫어하면 어떻게 하나 그런 걱정들이 몰려왔다. 나를 재밌어했다. 나는 그동안 갈고 닦은 너스레를 떨어댔다. 아이들은 원래 내가 이렇게 재밌는 애인 줄 몰랐다며 신기해했다. 나는 주말에 친구들과 같이 시내에 놀러 나가기로 했다. 문제는 용돈이었다. 현실적으로 빠듯했다. 일단 어머니에게 사정을 말했다. 내가 이 상황에서 정말 외롭고 쓸쓸하고 친구가 없으니 한 번만 도와날라며 눈물을 흘렸다. 그리고 아이들이 학원을 갈 시간에 나는 알바를 할 생각을 했다. 그럼 주말에는 같이 놀 수 있을 것이다. 밥은 반 공기씩만 먹고 집에 갈 때는 걸어서 집에 갔다. 살이 쭉쭉 빠졌다. 아이들의 번호를 묻고 아이들이 들어 가 있는 카톡방에 초대됐다. 방학 때 같이 바다에 놀러가기로 했다. 재밌었다. 영화도 봤다. 재밌었다. 공부하는 시간은 부족했지만 살아 있는 것 같았다. 나는 아르바이트를 하고 아이들과 어울렸다. 이것들이 다 나에게 경험이 되어줄 것이다. 공부를 잘해서 좋은 성적을 얻는 것은 사실 관심이 없다. 나는 사람들에게 속하고 싶었고 어울리고 싶었고 같이 지내고 싶었다.

웹소설에 회귀물이 유행이라서 한 번 회귀물 형식을 써봤다. 나는 악몽을 꿀 때면 고등학교로 돌아간다. 이상하게 몇번이고 고등학교 시절로 돌아간다. 고등학교 때 공부를 미처 다 끝내지 못하고 시험을 치는 상황을 몇 번이고 겪는다. 학점이 모자라서 고등학교 과정을 다시 재수강하는 꿈마저 꿨다. 고등학교의 기억은 나에게 있어서는 실패고 트라우마였나보다.

그런데 이렇게 내가 다른 선택을 했다면 달라졌을지 상상해서 써보니까 느낀 점은 딱히 다를 거 없는 삶이겠구나 싶었다. 말이 애들이랑 놀러 다니지, 인문계 고등학생이라면 공부를 해야 하는 거다. 나는 과거로 돌아간다고 한들 똑같이 책상에 앉아서 공부했을 것 같았다. 과거의 내가 잘못된 줄 알았는데, 과거의 난 그래도 제일 나은 선택을 했던 것 아닐까. 내가 할 수 있는 범위 안에서. 내가 생각할 수 있는 것 안에서. 그러니까 이제 그만 나를 놓아주자. 넌 최선을 다했어.

4. 나아지기

01. 그렇게까지 저주할 건 없었잖아

나는 나아지고 있다. 확실히 그걸 깨달았다.

어느 날 문득 나는 그런 생각이 들었다. 내가 왜 그렇게 내 삶을 저주하고 싶어했을까? 나는 왜 나의 주변, 환경, 나 자신의 외모, 능력에 대해서 그토록 헐뜯고 싫어하고 미워하고 저주했을까. 나는 나의 머리끝부터 발끝까지 머리털 하나라도 다 저주하면서 살았던 것 같다.

왜 그토록 저주했던 걸까.

싫었다. 왜 싫었던 걸까. 지금 생각해보면 나는 생활에 만족하지 못했던 것 같다. 어느 순간부터 가정환경이 넉넉지 않았다. 솔직히 말해서 객관적으로 못살았다. 내가 고등학생 때는 어머니가 벌어오는 월 70만 원에 해당하는 돈으로 세 식구가 살았다. 살면서 유일한 사치는 한 달에 한 번 외식 삼아 시켜 먹는 치킨이 전부였다.

초등학교 5학년 때 어머니는 이혼을 선택했다. 아무런 경제력 능력도 없어 전업주부로만 살던 어머니가 갑자기 가장이 됐다. 어머니는 우리 남매를 키우기 위해 일을 찾아다녔다. 전단지를 붙이러 다니기도 했고, 국가에서 마련해준 일자리인 장애아동 도우미 일을 하기도 했다. 결과적으로 살림은 어머니 혼자서 해냈기 때문에 내가 걱정할 문제가 아니었지만, 난 걱정했다. 나는 불안에 떨었다. 어떻게든 성공해서 잘 살고 싶었다. 그때 내가 한 선택은 공부였다. 가난에서 벗어날 방법이 막연하게 공부라고 생각했다. 친구들과 놀기 좋아했던 나는 사람들 앞에 나설 수가 없었다. 자존감이 떨어졌다. 나 자신이 부끄러웠으니까. 나에게 따라붙은 이혼가정과 가난이라는 수식어를 스스로 부끄럽게 여겼다.

난 보잘것 없는 존재가 된 것 같았고 가치 없는 사람이 된 것 같았다. 중학교 때까지 상위권이었던 것이 나의 유일한 위로였다. 성적이 좋아서 나는 나 스스로 가치 있다고 생각했다. 지금 생각해보면 불쌍한 생각이다. 자기를 좋아해 주는 사람이 없어서, 있는 그대로의 나를 인정해주는 사람이 없어서 '난 성적이 좋으니까 존재해도 돼'라며 스스로 위안 삼았던 거니까.

자존감이 낮고 삶에 자신이 없고, 나 자신을 사랑하지 못하는 내가 겪은 것은 깊은 우울이었다. 힘들었다. 힘든 삶이었다. 우울할만 했다. 슬퍼할만 했고 힘들어 할만 했다. 외로워 할만 했다.

그런데 다 지나간 일이다. 이제는 다 지나간 일이다. 잘 산다고는 할 수 없지만 그래도 한 달에 한 번 먹던 치킨은 일주일에 한 번 먹어도 크게 타격이 없게 됐다. 카페도 다니며 밥 한 끼하는 커피도 마시고, 편의점 삼각김밥만 먹다가 김밥집에서 파는 금방 둘둘 만 김밥을 먹어도 됐다. 맨날 같은 옷만 입었다가 옷가지 수도 늘어났다.

옛날에 가난하고 못살던 내가 아니다. 이제는 그냥 평범한 소시민 정도.

내가 우울증을 겪고, 과거의 일을 말하니까 누군가 이렇게 말했다.

"힘들었던 일을 잘 버텨냈어."

잘 해왔다고. 잘 버텨냈다고. 그렇게 말했다. 난 현재의 나에 대해 만족하지 못하고 있었고 현재의 나의 업적에 대해 인정해주지도 칭찬 한 번 해주지도 않았다. 굴곡진 인생을 살아온 나에게 따뜻한 위로의 말

한마디 건네지 못했다. 내 자신에게.

이제 그만 저주하고, 삶을 사랑해줘.

02. 살고 싶어

살고 싶어.

체한 건가 싶었다. 이틀을 끙끙대며 앓아누웠다.

오래간만에 무서웠다.

위가 너무 아픈데 난 위암으로 죽는 거 아닌가 하는 생각이 강렬히 들었다. 10년을 넘게 폭식하고 구토를 해왔는데, 위가 멀쩡할까 싶었다.

오래간만에 죽는 게 무서웠다. 이것도 해보고 저것도 해봐야 하는데 이러다 죽는 건가 싶었다. 불현듯 나에게 하고 싶은 게 생겼다는 게 놀라웠다. 그게 새로운 사람이나 취미인 건 아니다.

늘 하고 있었고 늘 생각해왔던 '글쓰기'였다. 그렇다고 글쓰기에 대성공한 것도 아니다. 내가 쓴 장르소설에 대해서 다량의 피드백이 왔다. 한편 내가 제안한 아이템에 대해 긍정적인 답변을 받기도 했다. 엄청좋은 것도 아니고 아주 나쁜 것도 아니다. 그래서 더 해볼 수 있을 거라 생각했나보다. 더 해봐야겠다고 생각이 들었나보다. 너무 행복했다. 내가 하고 싶은 일을 할 수 있다는 게 너무 좋았다. 예전의 나라면 뭐가 어떻게 되든 상관없었다. 하지만 지금은 꼭 하고 싶다. 글을 쓰기 위해서 시간을 다시 벌고 싶었고 돈을 벌어서 생활을, 삶을 유지하고 싶었다. 그러자 죽기 싫었다. 죽으면 안 되겠다는 생각이 들었다.

살고 싶다. 살고 싶다.

한동안 나는 아픔에 무뎠다. 그렇게 무뎠으니깐 스스로 상처 내도 된다고 생각했지. 먹고 또 먹고 게워내고 위가 아파도 식도가 아파도 목에서 피가 나도 아무렇지 않게 무정하게 무자비하게 이 짓을 반복했지.

하지만 지금은 몸을 일으켜 어떻게든 책을 찾고 싶었고 연구하고 싶었고 참고작품을 찾고 싶었고 어떻게 기술을 쌓아갈지 생각하고 싶었다.

내가 생각한 것이, 내가 상상한 것이 눈앞에 펼쳐지는 것만큼이나 재밌는 게 없었다. 나는 이런 일을 원했던 것이다. 그전에는 할 수 없을 거라고 단정 지었다. 그래서 보이지 않았다. 아무런 미래가 그려지지 않았다. 아파서 그릴 수가 없었던 것인지 아니면 미래를 그리지 못해서 아팠던 것인지는 알 수가 없다. 하지만 정확한 것은 지금의 나는 새로운 가능성에 대해서 긍정적으로 생각하고 있으며 그것 때문에 살고 싶다는 생각이 든다는 것이다.

물론 꿈만 있다고 해서 하고 싶은 게 생겼다고 해서 내가 살고 싶다고 생각이 든 것은 아닐 것이다. 나는 그전에도 늘 이 일을 하고 싶다고 생각했다. 하지만 한편으로 지독한 외로움이 나를 괴롭혔다. 이 일을 한다고 해서 내가 행복할까? 나는 여전히 늘 외로울 텐데. 그런 생각들이 나에게 매일같이 찾아왔다. 하지만 지금은 다르다. 사람은 많고 어떻게든 어울릴 수 있다. 나를 진정으로 사랑하는 사람은 변하지 않으며, 잠시 놀고 지나갈 사람들은 언제든지 만날 수 있다. 그런 생각을 하게 되자 더 이상 심각하게 외롭지는 않았다. 내가 무엇을 하느냐가 더 중요한 것 같았다.

살아 있고 싶었다.

살아서 아침 해를 맞이하고, 맛있는 밥을 먹고 사람들과 인사를 나누고 수다를 떨고, 일을 하고 내가 좋아하는 것을 하고 퇴근해서 사람들과 수다를 떨고. 주말에는 드라이브를 가고. 뉘엿뉘엿 저물어가는 오후 햇빛을 만끽하고, 봄에는 흩날리는 벚꽃을 보고 여름에는 광안리에 가서 바다를 실컷 보고 가을에는 공원에 가서 떨어지는 낙엽을 보고 겨울에는 신나는 눈썰매를 타고.

살아서. 살아서.

03. 일상 2

보통 아침 5시면 일어난다. 알람은 7시로 맞춰놓긴 하지만 대부분은 그전에 눈이 떠진다. 오늘도 편하게 잠을 자진 못했다. 그렇다고 잠이 오는 것은 아니어서, 몸을 일으켰다. 그리고 책상 앞에 앉았다. 잠시 멍하게 있다가 커피 한 잔을 탄다. 그런 다음 책을 꺼내 읽는다. 책은 작법서다. 나는 소설과 시나리오에 관심이 많다. 웹소설을 낼 작정이다. 장르는 로맨스.

7시가 되면 샤워를 한다. 씻고 나서 머리를 말린다. 겨울이라 푸석해진 피부에 스킨과 로션을 참참 발라준다. 7시 50분. 가방을 챙기고 현관을 나선다. 집 근처에 버스 정류장으로 간다. 이 버스정류장에 도착하는 버스는 오직 한 대뿐이다. 그것이 이 정류장이 특별하게끔 느껴졌다. 오직 한 대만을 위한 버스 정류장 같았다. 이 버스는 바로 회사 앞으로 날 데려다준다. 집에 갈 때도 이걸 탄다. 버스를 기다릴 때면 건너편에 보이는 우리 집을 한번 보기도 하고, 주위에 지나가는 사람들을 보기도 하고. 오늘은 무엇을 할지 생각을 하기도 한다. 기다리던 버스를 타면 나는 냉큼 버스에 올라 내 자리를 찾는다. 내 자리라고 표현하는 이유는, 내가 특별히 좋아하는 자리가 있기 때문이다. 바로 기사자리 뒤, 두 번째 자리다. 그 자리를 좋아하는 이유는 널찍하기도 하고. 버스 안 거울이 잘 보여 내 모습을 확인할 수가 있기 때문이다. 그냥 나는 내 모습을 자주 확인하려고 한다. 이것은 내가 내 자존감을 키우기 위해 애써 만들어낸 습관 같은 것이다. 사실 난 거울보기도 싫어하고 사진 찍기도 싫어했고 지금도 자신은 없다. 그런 나를 위해서 나는 억지로 사진을 찍고 사진 속에 나를 확인하는 연습을 했다. 그래서 지금은 퍽 익숙하다.

그렇게 거울 속에 나를 한 번 봐주고 이어폰을 꺼낸다. 요즘에는 무선 이어폰을 많이 쓰지만 나는 유선이다. 무선은 뭔가 떨어질까 봐 불안하다. 그런 불안을 느끼고 싶지 않다. 맨날 보는 창밖 풍경에는 흥미가 없다. 잠이 온다. 몸은 내릴 곳을 기억하는지 내려야할 정류장이면 잠에서 깬다. 그렇게 버스에 내려서 회사로 걸어간다. 정류장에서 얼마 떨어지지 않은 곳에 회사가 있다. 그 점은 좋았다.

회사에 가 인사를 한다. 커피와 물을 준비한다. 가져온 우울증 약을 뜯는다. 물과 함께 먹는다. 가끔 과장님은 그 약이 무슨 약이냐고 물어보곤 했다. 다른 사람들도 내가 약먹는 모습을 보면 무슨 약을 먹느냐고 물어보기는 하는데 나는 그냥 그때마다 '아, 피부과 약이에요.'라고 답한다. 심각해보이지도 않고, 가볍게 보이는 질환, 납득할 만한 질환이 필요했다. 그래서 생각해낸 게 피부과였다.

그렇게 약을 먹고 커피를 마시며 컴퓨터에 앉는다. 메일함을 정리한다. 영어로 된 메일함에 내가 읽어야 할 것들은 읽고 나머지 필요없는 것들은 가차 없이 버린다. 3년 정도 다녔더니 메일 패턴은 항상 똑같은 것들이라 금방 분류해낸다. 오늘 할 일이 있는지 없는지 살핀다. 달력을 자주 본다. 오늘은 일이 없다.

11시 55분이 되면 배달되어온 도시락을 사람들에게 나누어준다. 그리고 자리에 앉아 밥을 먹는다. 원래는 밖에 나가서 사 먹었는데 코로나 때문에 도시락 배달시켜 먹는다. 도시락은 항상 차가웠다. 도시락을 다 먹은 다음 팀장님이 주신 카드를 가지고 커피를 사러 나간다. 회사 맞은편 카페는 사람들로 북적였다. 인근에 있는 회사 사람들이 나와서 커피를 사들고 갔다. 1500원짜리 따뜻한 아메리카노를 사 들고 회사로 돌아온다. 커피를 마시면서 유튜브를 보거나 카카오톡을 하면서 보낸다.

다시 업무시간이다. 졸리다. 잠이 와서 꾸벅꾸벅 존다. 살짝 잠들었다. 잠들었던 것을 애써 깨우고 나면 혹시 중요한 메일이 와 있는지 살핀다. 오늘은 없다. 오늘은 정말 할 일이 없는 모양이다. 열심히 다른 일도 하다가 이제는 지친다. 집에 가서 밥을 적게 먹을 것을 다짐 했지만 이미 퇴근하기 전부터 배가 고프다. 큰일이다. 오늘은 뭘 먹지.

퇴근하면서 저녁 메뉴에 대해 고민한다. 어머니와 같이 살고 있긴 하지만 어머니는 퇴직과 함께 식사 준비일도 은퇴하셨다. 집에 먹을 것이 딱히 없다. 그래서 내가 할 수 있는 선택지는 1.사 먹고 간다. 2. 사 들고 간다. 3. 배달시켜 먹는다이다. 1은 코로나 때문에 하기 싫다. 2는 사 들고 갈 수 있는 메뉴가 한정적이다. 3. 배달비가 너무 많이 든다. 결국 배달시키기로 한다. 이러다간 돈이 남아나지를 않겠는데. 그런 생각을 한다. 배달된 음식이 온다. 아이패드로 넷플릭스를 보면서 밥을 먹는다. 먹은 것을 정리하고 난 다음 눕는다. 유튜브 영상이나 인스타그램을 보다가 약을 먹고 잠이 든다.

지금 이렇게 죽 적어 내려간 것이 무엇이냐면….

내가 되찾아야 할, 소중한 것이다.

우울증을 겪는 사람들에게는 이 일상이 없다. 우울증을 겪는 사람에게 삶은 영업이 중지된 놀이공원이다. 각종 불빛을 뿜으며 신 나게 돌아가던 회전목마는 녹이 슨 채로 그 자리에 가만히 있다.

다른 사람들은 바쁘게 움직이고 걸어가고 생동감 있게 움직이는데 우울증에 걸린 사람은 그렇지가 않다. 삶은 의미가 없고 오늘 먹는 밥은 돌덩이를 씹는 것 같고, 자연스럽게 들이마시고 내쉬는 호흡은 고통스럽다. 일어나라고 소리를 지르는 것만 같은 아침 해는 두려운 존재다. 또 와버렸다. 삶이란 아픔이.

우울증을 치료한다는 것은 커다란 기쁨을 주거나 행복을 느끼는 상태가 되는 일이 아니다. 치료의 목적은 일상을 찾는 것이다. 아침에 일어날 때 일어나고, 밥 먹을 때 밥 먹고 잠잘 때 잠자는 그런 삶을 찾아야 하는 게 우울증의 치료다.

누구에게는 당연한 삶이, 우울증을 겪는 사람에게는 어렵다. 쉬운 것처럼 느껴지는 삶이 버겁게 느껴진다. 그래서 일상을 무너뜨리고 포기한다. 나는 이제 되찾으려 한다. 규칙적으로 일어나고 무언가를 먹으며 잠자리에 드는 일. 꼭 되찾고 싶다.

04. 살아 있기

평소 삶의 의미를 스스로 질문했고 뭔가를 더 해야할 것 같다는 생각에 사로잡혀 살아 있었다. 나는 그런 습관을 벗어버리고 그냥 살아 있기를 목표로 삼았다.

오늘 그냥 살아 있는 것으로 만족하자고, 그거면 충분하다고. 생각하려고 노력한 지 약 일주일이 됐다. 이게 다 무슨 소용이냐 라는 생각이라든가. 글을 좀 더 잘 쓰고 싶다 성공하고 싶다는 생각이 올라올 때마다 스스로 "그냥 살아 있으면 된 거야"라고 되새겼다. 맛좋은 음식을 먹지 않아도 '지금 살아 있으면 된 거야.'라고 생각했다. 그냥 김치 한쪽에 밥 한 숟갈 먹는 저녁이었지만 만족스러웠다. 혼자 넷플릭스를 보고 먹는 저녁이었지만 외롭지 않았다. 나의 제일의 목표는 살아남기이니까.

살이 쪄서 예쁜 옷을 입지 못하는 지금 이 순간이 불편하다. 다른 사람들은 날씬하고 건강한 체격을 유지하고 있는데 나만 아닌 것 같다. 의기소침해지려고 했다. 그때마다 다시 되뇌었다. '그냥 살아 있으면

된 거야.'

돈을 더 많이 벌고 싶었다. 돈이 많았으면 좋겠다. 어떻게 하면 돈을
더 벌 수 있을까 그런 생각으로 머리를 복잡하게 했다. 돈 버는 방법에
관한 영상을 계속 돌려봤다.

현재 직업이 만족스럽지 않았다. 전문성도 없고 연봉도 마음에 안 들
었다. 제대로 된 기술이 없는 것 같아서 불안했다. 전문 지식도 나의 강
점도 없는 것 같아서 불안해지기 시작했다.

"아니잖아. 내 제일의 목표는 살아남기잖아."

원래 하던 생각 습관이 올라올 때마다 생각을 정정했다.

카페에 가니 다정하게 손을 잡은 연인들이 있다. 서로 달콤하게 사랑
을 속삭인다. 봄이 오는 것 같다. 날이 따뜻해지고 벌써 꽃망울을 터트
린 나뭇가지도 있었다. 나에게도 봄이 왔으면 좋겠다. 그런 생각이 들
려고 했다.

"아냐, 난 살아 있으면 되는 거야."

05. 만족스러웠다

주말에 바닷가에 산책하러 나갔다. 가족들이 나와서 즐거운 시간을
보내고 있었다. 나에게는 가족이 허락되지 않은 것 같았다. 가족을 만
들려고 해도 돈이 필요하다는 생각이 들었다. 적정한 수준의 요건들이
필요하다는 생각이 들었다. 이 시대에 결혼하고 아이를 낳는 것은 아무

나 할 수 있는 일이 아니다.

　나에게 허락된 것이 별로 없다는 생각이 들었다. 하지만 다시 생각을 고쳐먹기로 했다. 나는 살아 있으면 되는 것이다. 살아만 있으면 되는 것이다. 그냥 살아 있으면 되는 것이다. 내 의무는 오늘 하루를 살아내는 것이다. 그러자 머릿속이 깨끗이 정리됐다.

　끊임없는 자기 계발에 대한 생각. 무엇을 해야 할지 어떤 능력을 키워야 할 지에 대한 혼란. 나는 혼자라는 지독한 외로움. 그런 것들이 내 머릿속을 헤집어 놓았는데, "그냥 살아 있으면 된다."라는 문구가 나오면 그 모든 것을 정리해버린다. 나는 잘하고 있다. 오늘 살아냈으니깐. 살아냈으니까 나는 할 만큼 이상의 것을 하는 것이다. 목표량 초과 달성이다!

　이런 생각을 하고 있는 걸 보면, 누구는 게으른 거 아닌가. 그러다가 도태되는 것 아닌가라고 나에게 말할 수도 있겠다.

　하지만 내 상황은 그 사람과 다르다. 나는 오늘을 의미 없어 하고, 살아내는 것을 버거워하고 싫어하고 불평하던 사람이니까. 나는 이것부터 해야 하는 사람이다.

　그리고 이렇게 생각하면 좋은 점이 있다.

　바로 보잘것없어 보이는 순간, 평범한 일상에도 만족스러워진다는 것이다. 그냥 카페에 가서 시켜놓은 한 잔의 아메리카노가 마음에 들었다. 창가에 쏟아지는 햇볕이 따스해 보였다.

　오늘 하루를 살아가는 게 버겁지 않았다. 즐거웠다. 내 어깨 스스로 짊어졌던 짐을 벗어버리고 스스로 발목에 채웠던 쇠사슬을 벗어버리니깐 편안했다. 살맛이 났다.

살아 있으면 되는 것이다. 나의 숙제는 살아 있기다. 삼시 세끼 잘 먹는 게 내가 해야 할 일이고, 잠을 잘 자는 게 내 할 일이다. 건강하게 살아있기가 내 목표다. 그 이상의 것들은 겉치레에 불과하다.

나는 오늘 하루를 잘 살아내고 있다.

06. 불확실함에 대한 태도

나는 내일 어떤 일이 일어날지 몰라 전전긍긍하는 스타일이다.

미래에 대한 불안으로 현재를 늘 망치고야 마는. 그리고 각종 보험에 들려고 안간힘을 쓴다. 미래를 위한 보험금을 납부하느라 현재를 다 쓰고 있다. 나는 늘 그랬다. 미래에 되고 싶은 '나'는 늘 멀리 있었고, '나'와는 다른 현실을 늘 비관해왔다.

중학교 1학년 때, 성적이 떨어질 것에 대한 대비책은 '학원'이었다. 학원에 다니고 공부하고 학원 시험기간 일정에 맞춰서 공부할 때 '내가 시험 잘 칠 수 있을까?' '이 정도 준비했다고 잘할 수 있을까?'이런 불안에 휩싸이진 않았다. '고등학교는?' '대학교는? 그 이후는?' 뭐 그런 식의 생각은 하지 않았다. 단순했다. 시험 범위는 정해져 있었고 정해진 시험 범위 안에서만 달달 외우면 됐다. 나는 똑똑했다기보다는 암기를 '많이' 하는 사람이었다. 그냥 평범한 기억력을 가진 사람이었지만 노는 것 대신 공부에 투자했다는 것이 다른 아이들과 다른 점이었다. 그것은 사실 공부가 좋아서가 아니라 불확실한 미래에 대하여 내가 세운 대비책이었다. 나는 가난이라는 불안한 상태에 놓여 있었고 늘 길거리에 나앉게 되는 끔찍한 상상을 하게 됐다. 내가 두려운 것은 그것이었다. 내가 생각한 최악의 상황은 그것이었다. 그래서 그러지 않기 위해서 공부를 했다. 공부를 하면 돈을 벌 줄 알았다.

반에서 1등, 전교 1등을 해보았던 내가 고등학교 1학년 1학기 중간고사 첫 시험에서 받은 성적은 반에서 3등, 전교 32등. 나는 충격을 받았다 불안이 스멀스멀 기어올랐다. 곧 찬 바닥에 나앉게 될 것 같았다. 시험 범위는 커지고 국어 지문은 늘어났다. 영어는 모르는 단어들이 많이 나오기 시작했다. 그것들은 나를 공격해댔고 내 마음속에 각종 불안과 괴로움을 만들어냈다. 나는 이 상황을 대비하지 못했다. 어떠한 대비책도 없었다. 대비책을 마련하지 못한 나는 맨살로 겨울을 이겨내는 느낌이었다. 나는 고통스러웠다. 대비책은 없고 성적은 떨어지니, 나는 인생이 끝날 것 같은 느낌에 휩싸였다. 불안함은 너무 크게 다가왔고 책상 앞에 있지만 진도를 나가지 못했다. 진도를 나갔어도 불안해서 잠에 들지 못했다. 그냥 뭔가를 더 해야만 할 것 같았다. 그래서 내 스탠드 불은 항상 켜져 있었고, 나는 늘 선잠을 잤다.

직장에 들어가 스스로 돈을 벌 무렵, 나는 인생에 대한 어떤 희망을 품게 됐는지도 몰랐다. 삶에 대한 애착이 생겨난 것인지도 몰랐다. 하지만 난 또다시 불안해졌고 언제까지 지금 직장을 다닐 수 있을지 불안하기 시작했다. 불안했다. 평생직장도 아니고, 언제 잘릴지도 모른다는 생각이 나를 위협했다. 그래서 나는 오늘도 끊임없이 자기 계발의 필요성을 느낀다. 저작권 공부해야지 하면서 저작권 관리사를 기웃거리기도 하고, 디자인을 하면 좋을 것 같아서 디자인 영역을 살펴보기도 한다. 이 시대에는 메타버스와 NFT를 이해해야 도태되지 않을 거라는 생각에 유튜브를 이리저리 헤맨다.

이렇게 전전긍긍하니 피곤할 수밖에.

나는 지금 내가 하고 있는 일에 집중하지 못하고 있다. 그 일을 하면서, 또다시 무언가를 대비해야 할 것만 같은 느낌. 그것이 나의 목을 조르고 있었다.

이것이 불안이다. 물론 삶에서 적절한 불안은 자기를 발전시키고 나아가게 하고, 업무역량을 기르고 자기 계발을 하는 등 원동력이 될 수 있다. 하지만 난 과도했다. 나는 필요 이상의 불안을 느끼고 있다. 항상 비상 사이렌이 켜져 있어서 매 순간마다 시끄럽고 피곤한 상태다.

이 알람을 꺼야 한다. 나는 강제로 끄기로 했다. 삶의 목표를 그저 살아있기로 정한 순간부터 자연스럽게 사이렌 소리는 줄어들었다. 상관없다. 그냥 많이 벌고 많이 누리고 사는 것 모르겠다. 내가 어떻게 할 수 있는 일의 영역이 아니라고 생각하자 마음이 한결 나아졌다. 집착할 필요성이 사라졌다. 그래서 그냥 피곤하면 스탠드 불을 끄고 따뜻하게 이부자리를 만들어서 제대로 자려고 한다.

사실 생각해보면 여태까지 나는 과잉대응을 해온 것이다. 일이 생겼을 때 야근을 하면 되지 일이 없는데도 회사 책상에 죽치고 앉아 자신을 괴롭히고 있는 꼴이었다. 당장의 문제가 없는데도 나는 야근을 하며 문제가 없는지 살펴보고 있었고 문제를 해결할 방법을 고안하고 있었다. 해결책이 마련되지 않아서 눈앞이 깜깜하고 좌절감까지 느껴가며. 해결책이 없는 이유는, 애초에 문제가 없었기 때문이었는데.

07. 우울과 우울증의 차이

우울한 기분과 우울증의 차이는 뭘까.

누구나 우울한 기분은 느낄 수 있다. 안 좋은 일이 일어나게 되면 우울함을 비롯한 부정적인 감정이 생기는 건 당연한 일이다. 예를 들어 나 같은 경우 갑작스러운 퇴사를 통보받고 동료직원 간의 불화와 회사의 몰상식한 태도를 겪었다. 그 사건들 속에서 나는 화가 나고 분하고 자존심이 상해서 슬펐다. 이럴 때 우울증이 있고 없고의 차이는 뭘까.

그것은 '스스로 우울에서 빠져나올 수 있냐, 없냐'의 차이다. 과거의 나 같았으면 우울한 상황을 머릿속에서 연속 재생 했을 것이다. 내가 하려고 하는 게 아니라, 저절로 그렇게 된다. 그 상황을 피하려고 하지 못하고 온갖 우울했던 순간들을 다 끄집어내고 곱씹게 된다. 마치 자석이 서로 다른 극을 끌어당기는 힘처럼 자동적이고 절대적이다. 우울증에 빠져 있는 상태란 이런 것이다.

하지만 나는 현재 우울을 모으지 않는다. 나는 일부러 웃긴 것을 보려고 하고 다른 일을 하려고 한다. 스스로 머릿속에서 화가 나고 분하고 억울했던 그 사건이 재생 되려하면 다급하게 중지버튼을 누르고 있다. 자책을 할 것 같으면 계속해서 '내 잘못이 아니야'라거나 '괜찮아'라고 계속해서 나에게 말해준다. 스스로를 돌보는 시스템이 움직이기 시작하는 것 같다. 드디어, 드디어 말이다. 상처가 나면 스스로 약을 바르고 낫기 위한 행동을 한다. 하지만 우울증에 걸린 사람은 상처에 뭘 붙일 힘이 하나도 없다. 아무 힘이 나지 않는다. 그래서 상처를 그대로 놓고 곪고 썩어들어 가게 된다.

지금의 난 꽤 괜찮은 상태인 모양이다. 스스로 우울에 빠지지 않으려 노력하고 있으니깐 말이다. 이것은 감정을 덮어놓고 묻어두고 살피지 않으려고 하는 태도와는 다르다. 건강한 태도는 내 감정을 무시하지 않고 사려 깊게 돌보는 것이다. 내가 지금 현재 슬픔을 느끼고 있구나. 불안을 느끼고 있구나. 우울하구나. 이렇게 말이다. 3년 반이나 일한 회사에서 갑작스레 권고사직을 통보받고, 통보받은 지 삼 일만에 나가라고 협박 아닌 협박을 받은 상황을 받아들이기에는 하루 이틀 가지고는 부족했다. 물론 사람마다 같은 상황이라도 서로 회복하는 속도는 다르겠지만 나는 일주일이 걸리고 있다. 아직도 회사 일이 꿈에 나타난다. 분하긴 분하다. 분한 것은 잘못된 것도 아니고 병도 아니고 건강하지 않은 상태도 아니다. 이런 상황에서 부정적인 감정을 느끼는 일은 당연한 일이다.

그래서 스스로를 우울증인지 아닌지 판단하는데 우울감을 느끼는 것으로만 판단 내릴 수 없다. 적어도 2주 이상은 지속적인 우울감을 느껴야 우울증으로 의심해볼 수 있다. 특별한 사건이 없는데도 우울함, 불안함, 무가치함, 무기력함 등 부정적인 감정을 느낀다면 정상적인 감정 반응이 아니라 비정상적인 상태에 놓여있다고 생각해볼 수 있다. 그럴 때 내가 이상해졌다라든지. 도대체 나에게 무슨 일이 일어난 거지? 그런 생각을 하며 당혹스러움을 호소하는 분들이 많다. 가족들과 친구들은 괜찮은데 나만 부정적인 감정에 휩싸여 있으니까 나만 이방인이 된 것 같은 생각도 든다. 괜찮다. 안심해라. 나는 그런 분들에게 먼저 당황할 것도 자책할 것도 없다고 말해드린다.

08. 척추측만증

나는 척추측만증이 있다.

오른쪽 골반은 올라가고 왼쪽 골반이 내려가서, 오른쪽 허리는 짧아지고 왼쪽 근육은 늘어나 져 있는 상태이다.

그런 상태가 되기까지는 많은 시간이 걸렸을 것이다. 다리를 한쪽으로 꼬는 습관, 짝다리를 짚는 습관 등 바르지 못한 자세를 오랜 시간 동안 이어온 결과이다.

생각하는 습관도 그렇지 않을까. 사고가 한 방향으로 삐뚤어져 있는 것도 그런 게 아닐까 싶다. 인지가 왜곡됐다는 것, 늘 부정적으로 생각하게 되는 것, 늘 우울한 생각이 머리를 떠나지 않는 것은 사고습관이 비틀어져 생긴 결과일지도 모른다. 적어도 나는 그렇다.

그럴 만도 했다. 나는 초등학교 6학년 때 두려움을 달래는 나만의 방법이 있었다. 바로 최악의 상황 가정하기였다. 희망이 좌절되는 아픔보다, '미리 알고 있었다'는 생각이 오히려 안심이 됐다. 괜한 희망을 품어봤자, 이것이 좌절되면 더 큰 상처가 될 테니까. 나는 먼저 최악의 상황을 가정하는 것부터 했다. 갑작스럽게 부모님이 돌아오시지 않으면 어떡하지. 갑작스럽게 사고가 나서 집이 한순간에 망가지면 어떡하지. 등등 정말 극단적으로 생각했다. 그런 생각이 주는 유일한 이점은 '나는 미리 생각했어.'라는 나의 예지력. 뭐 그런 거 일뿐이었다. 얻는 게 별로 없는데도 나는 그런 습관을 갖고 있었다.

그렇게 생각하는 사람에게 어떻게 행복이 찾아올까. 행복한 순간이 찾아와도 어떻게 그걸 알아볼 수 있을까. 그 순간에 있어서 나는 또 다시 최악을 가정하고 있는걸. 우울할 수밖에 없는 생각 패턴이었다.

물론 물리적인 사고가 나서 허리가 나가거나 부러지거나 할 수 있듯이 외부로 인한 큰 충격으로 인해 내 마음의 뼈가 골절될 수도 있다.

그러나 그렇게 큰 충격이 아닌데도 불구하고 마음이 엉망인 것은, 그동안 크고 작은 잘못된 사고들이 만들어낸 결과가 아닌지 살펴보는 게 좋겠다.

인지를 바로 잡는다는 말은 무의식적으로, 습관적으로 반복하는 나쁜 자세를 바른 자세로 고치는 것과 비슷한 일이다.

즉 정신을 날카롭게 세워서, 내 마음을 세심히 관찰하여 바른 자세를 만드는 것이다. 그리고 만든 자세를 오랜 시간 유지할 수 있는 인내심, 지속력이 필요하다.

인내가 필요하다. 쉽게 되는 일이 아니다. 오랜 시간 걸쳐서 만들어진 부정적인 생각 습관을 긍정적으로 고치기란 또 그만한 시간이 필요한 일이다.

하지만 중요한 것은 분명히 생각은 바뀔 수 있다는 점이다. 서 있게 되고, 앉아 있게 되고 누워있게 되더라도 바른 자세를 유지해야 한다. 좋은 일이 있건 나쁜 일이 있건 마음의 자세도 바르게 유지해보는 건 어떨까.

09. 당연한 것은 없다

컴퓨터와 연결하는 마이크를 주문했다. 한 개를 주문했는데 뜯어보니 세 개가 와 있었다.

결제 명세를 보니깐, 내가 연속으로 클릭한 바람에 3개나 주문이 됐던 것이다. 결제도 3개의 금액으로 결제됐다. 나는 다음과 같이 생각했다.

"아니, 왜 주문하나 제대로 못 하는걸까?"

"주문을 잘했어야 하는 거 아냐?"

낯선 여행지에서 호기롭게 버스를 탔다. 알고 보니 잘못된 버스다. 나는 후다닥 버스에서 내려 이 낯선 곳을 둘러봐야 했다. 여기가 어딘지 모르겠다.

"아니, 왜 버스를 잘못 탄 거지?"

30대의 나만 그랬던 것도 아니었다. 과거의 나는 더 심했다. 일이 제대로 풀리지 않으면 화가 나고 분했다.

'어째서', '왜'라는 질문을 달고 살았다. 분명 일이 잘됐어야 하는 건데 제대로 되지 않아서 화가 나고 분이 났던 것이다. 저절로 잘될 수밖에 없는 일인 거처럼 보이는데 안되니까 답답하고 초조했다.

　하지만 의사는 말했다.

　"이 세상에 당연한 것은 없어요. 원래 이솔씨에게 주어져야 하는 것도 아니었고요…."

　머리를 한 대 맞은 것 같았다. 나에게 쉴 수 있는 집이 있는 것도, 가족이 있는 것도 집에 고양이가 있는 것도 당연한 일이 아니다. 오늘 내가 밥을 먹을 수 있는 돈이 있는 것도 시답지 않은 농담을 주고받을 수 있는 친구가 있는 것도 당연한 일이 아니다. 원래 그래야 했던 것은 없다. 내가 태어났기 때문에 '당연히' 금수저를 물고 태어나야 하는 이유가 없다. 수저를 가지고 태어날 수 있었던 것만으로도 다행이라고 생각해야 한다.

　하지만 우리는 늘 당연하다고 생각한다. 당연하게, 학교를 졸업하고, 연봉은 얼마 이상의 직업을 가지고 있어야 된다라고 생각한다. "나는 ~ 해야한다." 라고 생각하는 것이다.

　"멋지고 다정하고 좋은 애인을 만났어야 해."

　"이 나이에 돈은 이렇게 모아놨어야 해."

　"집은 이쯤에서 샀어야 해."

　이런 것들 말이다. 당연하다고, 꼭 뭐를 해야 할 것 같은 일들은 이 세상에 없다. 그런 식으로 생각하는 것이 삶을 불행하게 만드는 것이다.

　갑작스럽게 시력을 잃은 청년의 이야기를 접했다. 아무 이유 없이, 전조증상 없이 별안간 눈앞이 깜깜해진 것이다. 그 사람을 보면서 생각했다. 내가 앞을 볼 수 있는 것이 당연한 건 아니구나. 당연하다고 생각했더라면, 그랬는데 만일 눈이 보이지 않았더라면 나는 하루하루 살지 못했을 것이다. 그 사람처럼 즐겁게 하루를 살아내지 못했을 것이다.

이처럼 당연하다고 생각하는 사고습관은 무서운 것이다. 그래서 나도 이제는 나에게 주어진 것을 당연하다고 생각하지 않기로 했다. 나에게 주어진 시간, 사람들, 글을 쓸 수 있음, 그 모든 것들이 당연하지 않다고 생각하기로 했다. 그러자 삶에 대한 감사함이 생겨났다.

나에게 주어진 모든 것들은, 당연하지 않다. 주어진 것은 은혜인 것이다.

10. 생존

그동안 내가 원했던 것은 우울증을 빨리 떨쳐버리는 일이었다. 극심한 우울이 잦아들고, 나의 인생을 잘 살아내고 싶다는 욕심이 생길 때쯤 '우울증을 앓았던 지난 과거'는 나에게 짐짝처럼 느껴졌다. 우울증을 앓았던 기간은 찢겨나간 페이지 같았고 암흑기 같았다. 아무것도 하지 않았다고 느꼈고, 성과가 없다고 생각했다. 우울증이 없었더라면 더 많은 결과들을 만들어 낼 수 있었을 텐데 하는 생각도 들었다. 왜 하필 내가 우울증이 걸려서 우울증이 아니었다면 난 잘할 수 있었을 텐데.

그렇다고 과거를 계속해서 뒤돌아보며 무언가를 원망하고 있을 수 없었기 때문에 이것을 '교통사고를 당했다' 쯤으로 여기기로 했다. 교통사고는 모두에게 일어나는 일은 아니지만, 인생에서 일어날 법한 일이다. 그리고 나의 과실로만 이루어지는 일이 아니다. 이 병은 교통사고 같은 것으로 생각하고 넘기기로 했다. 어쩔 수 없었던 일. 어쩔 수 없게 맞이한 불행한 일.

하지만 이렇게 나를 다독거려봤자 불행함은 가시지 않았다. 가장 빛나고 열심히 했다고들 말하는 대학생 신입생 시절부터 빛나는 20대 전반을 우울증을 겪으면서 보냈다. 하루도 울지 않은 날이 없는 것 같다. 엉엉 울면서 학교에 다녔고 회사에 다녔다. 하교하고, 퇴근하고 오는 버스에서 사람들이 보든 말든 훌쩍거렸다. 저녁에는 밀려오는 우울감에서 도망가기 위해 잊어버리기 위해 무언가를 꾸역꾸역 먹어댔다. 그렇게 20대를 보냈다. 그걸 생각하면 나의 20대는 깜깜했고 불행했고 우울했다.

하지만 '우울의 바다에 구명보트를 띄우는 법'이라는 책의 저자는 이렇게 말한다. 우울증을 겪던 시기가 아무것도 하지 않은 게 아니라고. 처절하게 우울증과 싸워왔던 것들이라고. 그제야 나는 깨달았다. 지난 1년간 내가 짤막하게, 대충 휘갈겨 쓴 글들은 전부 그 싸움의 흔적이었다고. 무슨 말을 해야 할지 정리도 안 된 채로 적어 내려가던 문장 하나하나가 내가 고군분투한 흔적이었다고. 아무것도 하지 않은 게 아니라 나는 열심히 싸워 왔다고. 그 시간을 쓸모없었다고 여길 필요가 없었다.

나는 살아왔다. 비록 순탄하거나 매끄럽지는 못했지만, 나는 나 나름의 방식대로 살아남았다. 넘실대는 우울의 감정과 삶의 무의미함, 무기력을 이겨내고 꾸역꾸역 살아왔다. 음식을 꾸역꾸역 먹어가며 잠시의 아픔을 달래는 방법을 선택했더라도, 나는 살아남기 위해 먹은 것이다.

살기 싫은 줄 알았는데 아니었다. 나는 누구보다도 살고 싶었다. 정말 살고 싶었다. 살고 싶어서 죽고 싶지 않아서 이대로 끝내고 싶지 않아서, 임시방편을 선택해서 하루하루를 버텼던 거다. 다리를 쩔뚝이며 걸어가고 있었다. 남들이 튼튼한 두 다리로 달릴 때 나는 아픈 다리를 쩔뚝거리며 따라가고 있었던 것이다. 남들이 이해하지 못하더라도 나만큼은 내가 아팠고, 그 상황에서도 최선을 다했다는 것을 알아주어야 한다. 나는 최선을 다했다. 나는 인생에서 온힘을 다하지 않은 적이 없다. 그렇다고 정말 자신 있게 말할 수 있다.

이제는 나에게 우울증을 앓았던 경험은 숨겨야 하고 지워버려야 할 경험이 아니다. 우울증이 아니었다면 삶이 주는 행복이 어떤 건지도 알 수 없었을 것이다. 살아있다는 것이 얼마나 아름다운 일인지, 벅찬 일인지, 감사한 일인지 알지도 못했을 것이다. 어떤 상황이 주어져도 나는 비관만 하고 있었을지도 모른다. 아침에 일어날 수 있고 삼시세끼 잘 먹고 잠을 잘 잤다는 것이 얼마나 큰 일 인건지 몰랐을 것이다.

잘 살아왔다. 수고했다. 앞으로도 행복하게 잘 살 수 있을 것이다.

11. 내려놓기

한동안 나의 유튜브 영상 구독 목록에는 자기 계발 관련 채널로 가득했다. 그 영상들을 보면서 나도 성공할 거라고 다짐했던 것 같다. 나는 내가 '백수'라기 보다는 '프리랜서'에 가깝다고 생각하기로 했다. 그리고 이 일을 잘 하면 내 인생은 잘 풀릴 거라고 꿈꿨다. 하지만 모든 것이 무너졌다. 그 꿈을 무너뜨린 장본인은 바로 나였다. 꿈을 세우고, 꿈을 무너뜨리고 이 일을 반복하는 것은 나였다. 내가 하는 일과의 대부분은 이런 것이었다. 꿈을 세웠을 때는 에너지가 넘쳐서 책상에 앉아 영상들을 보고 글을 써 내려 갔다. 하지만 밤이 되면 에너지가 다 소모돼서 그런 것인지, 부정적인 생각들이 몰려왔다.

"외로워."

"난 성공할 수 있을까."

"이 길이 맞을까."

그런 생각들이 나를 엄습해왔다. 그 생각들이 너무 커질 때면 난 무기력해졌다. 무기력한 내가 폭식을 하고 계속해서 자는 바람에 망쳐놓은 계획을 볼 때면 참담했다. 한숨이 나왔다. '할 수 있어.' 나를 다잡고 다시금 원대한 계획을 세운다.

그런데 어느 날 어떤 글을 읽었다. "인생은 내 맘대로 되지 않는다."라는 것이었다. 내용의 골자는 이러했다. 1) 내가 너무 높은 목표를 가지고 있어서 인생이 내 맘대로 되지 않을 수도 있다. 2) 내가 컨트롤 할 수 있는 부분의 일이 아니기 때문에 내 맘대로 되지 않는다.

2) 에 대한 것은 신선한 충격이었다. 사실 내가 선택했다고 내가 주도권을 가지고 있다고 생각한 일들에서 진짜 내가 주도권을 온전히 가진 걸까. 내가 컨트롤할 수 있는 일일까 하는 문제다. 내가 입고 있는 이 옷 한 벌, 내가 구매했다고 하지만 어떤 마케팅으로 구매 한거라면? 온전히 내 의지만으로 했다고 할 수 있을까.

나는 허무함을 느꼈다. 내가 바꿀 수 있는 영역은 별로 없었는데 난 바꾸려 들었다. 사람들의 마음을 내가 어쩔 수 없는데도 사람들이 나를 좋아해 주기를 바랐다. 바뀌지 않는 현실에 대해 참혹함을 느꼈고, 바뀌지 않은 원인은 나에게 있다고 생각했다. 거기서 계속해서 좌절하고 무기력함을 느낀 것 같다. 나라서 그런 게 아니다. 내가 바뀐다 한들, 사람들이 나를 좋아하지는 않는다.

성공한 작가가 되고 싶은 것도 내 뜻대로 되는 일이 아니다. 나는 그저 글을 쓸 수 있을 뿐 그 글에 대해서 좋게 평가를 해주냐 아니냐는 대중의 몫이다. 나는 그저 글을 쓸 뿐이다.

그래서 노력한다고 해서 무작정 되는 건 아닌 것 같다. 나는 지난날 뭘 그렇게 하려고 아등바등 노력했는지 허무해졌다. 내 머릿속에는 지금 당장 내가 할 수 있는 일보다는, 미래에 어떤 것이라던가. 내가 컨트롤 할 수 없는 일에 대한 상상으로 가득했다.

이제는 다 내려놓아야지. 내가 컨트롤 할 수 없는 일을 알고 이제는 다 내려놓아야지. 그냥 할 수 있는 일이 뭐 있는지 오늘은 무엇을 할 것인지만 생각하자. 노력이 모든 것을 만들어주지 않는다. 더이상 그만 애걸복걸하자. 가질 수 없는 것도 있다.

12. 인지왜곡

눈앞에 있는 남자가 나랑 눈을 마주치지 않는 상황. 그때의 나는 이렇게 생각했다.

'내가 싫어서 그럴 거야.'

(하지만 사실은 그 남자는 잠시 딴 생각을 하느라 눈을 마주치지 못한 것이다.)

알바에 합격하지 못했다? 난 이렇게 생각했다.

'내가 못생겼기 때문이야.'

(하지만 사실은 더 일을 잘할 것 같은 사람이 있었다.)

'코로나가 일어나고 회사가 곧 문을 닫고 나는 직장을 잃을 거야.'

(하지만 코로나 이후로도 2년째 같은 직장을 다니고 있다.)

다른 사람이 보면 논리적인 비약이 심하지만 내 눈에는 사실처럼 보였다. 그렇다. 우울증인 상태에서는 비논리적인 사고를 하기 쉽다. 이를 인지 왜곡이라고 한다.

내가 인식하는 것이 사실과 다른 경우를 인지 왜곡이라고 한다. 우울증에 걸린 사람은 단순한 착각을 넘어서 지속적인 생각 패턴을 갖게 된다. 그것이 자신의 의지와는 관계가 없다. 모든 사고의 흐름이 그렇게 되도록 흘러가기 때문이다.

아론 벡이라는 사람이 우울을 지닌 사람들이 나타내는 10가지 인지 오류를 정의했다. 그중에서 주로 내가 했던 것은 과도한 일반화였다. 한두 가지 사건을 가지고 확대해석을 해 결론을 내리는 것이다. 예를 들어 한 남자가 나에게 관심이 없다고 해서 세상 모든 사람이 나에게 관심이 없을 것 같이 생각한다든가.

이분법적 사고도 심했다. 예쁘면 사랑에 성공하고 예쁘지 않으면 사랑에 실패한다고 생각했다. 또한 나에게 닥친 일을 과하게 해석하는 경우가 있었다. 코로나가 일어나서 내가 잘리게 될 거라고 최악의 경우를 상상하는 것이다. 다른 사람들이 다 나를 싫어할 것 같다는 느낌들에 늘 시달렸다. 현실과 다르게 해석하고 그 해석이 부정적으로 하게 되다 보니 하루가 정말 살기 힘들었다. 누군가와 눈만 마주쳐도 난 기분이 안 좋아졌다. '내가 뚱뚱해서 저 사람이 나를 쳐다 본 걸 거야.' 나는 그렇게 생각했으니까. 불행하지 않아도 될 상황에 스스로 안 좋은 일로 만들어낸 다음, 그다음 슬프고 괴롭고 우울한 감정이 드는 것이다.

의사는 내 얘기를 듣더니, 그 사람한테 그런 얘기를 들었나요? 라고 반문했다. 나는 말문이 막혔다. 그래서 진짜 직장에서 해고됐나요? 친구들이 이솔씨를 싫어하던가요? 그렇게 의사는 내 주장을 반박하셨다. 이것이 왜곡된 인지를 똑바로 잡는 것이었다.

나는 인지왜곡이 너무 심했다. 이 치료가 없었더라면 나는 올바른 생각을 하기 힘들었을 것이다. 올바르게 현실을 인식하지 못하고 부정적인 프레임을 씌운 상태에 있으니 당연히 하루가 불행할 수밖에.

혹시라도 우울증을 앓고 있는 사람이 있다면, 이 인지왜곡 치료를 꼭 하기를 바란다.

13. 참을 수 없는 가벼움

"아, 맞다. 그때도 우울증 있다면서."

"네가 뭐가 우울할 게 있는데?"

"네 말 듣기 싫어. 넌 너무 부정적이야. 기 빨려."

내가 이 말을 남에게 들었다면, 전혀 관심 없던 남에게 들었다면, 나는 오늘 이 일기를 쓰지 않았을 것이다. 나는 이 말을 나를 가장 이해해주길 바랐던 사람들에게서 들었다.

나는 가까운 사람들에게 나의 비밀 상자를 조심스럽게 공개했다. 첫 번째는 이해를 바탕으로 한 실질적인 도움이 필요했고, 두 번째는 위로가 필요했다. 내가 조심스럽게 내 아픈 마음을 펼쳐 보였더니 반응은 여러 가지였다

"그동안 힘들었겠다."

"아, 맞다. 그때도 우울증 있다면서."

"네가 뭐가 우울할 게 있는데?"

위로를 해주는 사람이 있었는가 하면, 한편으로는 별일 아닌 것처럼 여기는 사람도 있었다. 우울함 그거 누구나 다 느끼는 것 아니냐면서 대수롭지 않게 여겼다. 그런 반응이 올 때면 나는 괜히 말했다 싶었다. 나는 꽁꽁 감싸두었던 부위를 치료하기 위해 붕대를 푸르고 약을 기다리는 사람이었다. 하지만 도리어 돌아오는 건 상처 부위를 쓰라리게 만드는 소금 같은 것이었다.

가장 가까이 있는 사람들이 우울증에 대한 이해도가 높고 적절하게 반응할 수 있다면야 좋겠지만 모든 가족이 그럴 수 있는 건 아니다. 우울증 환우 카페에 가보면 가족들 때문에 힘들어 하는 사람들도 꽤 많았다. 물론 환우의 가족으로서, 어떻게 하면 환우에게 도움이 될지, 무

슨 말을 하면 좋을지 자문을 구하는 사람도 있었다.

만약 우울증으로 힘들어하고, 주변에서 이해를 받지 못한다면, 가족의 말을 흘려듣는 것도 필요하다고 말하고 싶다.

내가 겪는 아픔도 엄살이 아니라 실제 존재하는 아픔이고 그 고통의 크기도 전혀 상상이 아니라는 걸 알게 됐다. 틀린 것은 나를 안답시고 넘겨짚으며 말했던 그 사람들이었다.

물론 내가 예민할 수도 있고 다른 사람들보다 더 엄살 피우는 것일수도 있다. 하지만 그걸 지적한다고 해서 내 병이 나아지는 건 아니다. 예민한 피부여서 상처가 난 상황을 예를 들어보자. 살갗이 벗겨진 피부에게 "이게 네 피부가 예민한 탓이야"라고 원인을 말해봤자 나아지는 건 없다. 상처가 난 자리는 그대로 남아 있다. 필요한 건 약이다.

만약 당신과 가까운 이들이 당신을 이해하지 못하고 날카로운 말을 한다면, 그 말을 흘려들었으면 좋겠다. 당신이 이상한 것도 아니다. 단지 아플 뿐이다.

14. 봄에는 꽃보러 가고, 여름에는 물놀이 가고, 가을에는 단풍보고, 겨울에는 썰매타러 가자

친구가 없던 나에게도 친구가 생겼다. 스스로 외롭다고 생각 했지만, 우울증을 겪는 그 시간 동안에도 나는 여러 사람을 만났고 관계를 만들어 나갔다. 물론 보통 사람들보다 관계를 잘 이어 나갔던 것은 아니었다. 하지만 순간순간에는 내 곁에 사람이 있었는데 그 사람들의 소중함을 잘 모르고 있었던 것 같다. 고맙다고, 함께 있어서 좋았다고 표현하지 못했던 것 같다.

딱히 놀 친구가 없었던 나는 직접 친구를 만들어보기로 했다. 그동안 내 곁에 누군가가 없어서 슬퍼하기만 했던 것과는 다른 적극적인 행동이었다. 내 곁에 아무도 없다면, 곁에 있을 사람을 만들어보자! 라고 호기롭게 외쳤다. 그래서 작은 동호회를 운영해보았다. 물론 운영하면서 사람들과 부딪히기도 부딪혔다. 그러다가 친해진 친구가 있었는데 한날은 그 친구가 이렇게 말했다.

"여름 오면 물놀이하러 가자."

미래가 없던, 항상 죽음을 바라보았던, 어쨌거나 현실 탈출을 외치던 나에게 '여름이 오면'이라는 전제는 굉장히 낯설었다. 여름이 와도 난 똑같이 괴로워하고 있었을 것 같았고 끔찍한 하루하루를 보내고 있을 것 같았다. 하지만 이 친구는 여름이 오면 그 내리쬐는 햇빛과 더운 공기, 물속에 뛰어 들어가 첨벙거리는 소리 그런 것들을 즐기고 싶어했다. 그 사람은 삶을 즐기고 있었다. 그것이 굉장히 신선하게 다가왔다.

친구의 말을 들은 후 나도 상상했다. 봄이 오면 예쁜 꽃을 가득가득 봐야지. 내 주변에 있는 꽃들이란 꽃들은 다 볼 거야. 세상에 아름다운 것들을 눈에 꼭꼭 담아야지. 여름이 오면 땀을 질질 흘리며 시원한 아이스크림 하나를 먹는 거야. 선풍기 앞에서 드러누워서 바람을 쐬고 말야. 가을이 오면 돗자리와 맛있는 음식을 가지고 가서 소풍도 가고 단풍도 보는 거야. 겨울이 오면 잔돈 꼭 챙겨 들고 길거리 붕어빵을 사 먹어야지. 따뜻한 이불 속에 웅크리고 있어야지. 그렇게 미래를 생각하는 일은 나에게 신기했다. 1년, 2년 그리고 5년 10년후를 생각하는 내가 낯설었다.

그리고 같이 하자고 말하는 그 사람들도 고마웠다. 그들이 꿈꾸는 미래 속에 나도 있다는 사실이 너무나 기뻤다. 나는 더이상 유령이 아니었다. 그들의 삶 속에서도 내가 존재했다.

"응, 그래. 내년에도 같이 놀자."

나는 웃으며 대답했다.

15. 감정

우울증은 극심한 우울감을 호소하는 병이다. 우울감뿐만 아니라 각종 다양한 부정적 감정도 함께 몰려온다. 내가 우울증에 괴로워할 때는 이성이 아닌 감정의 지배를 받고 있을 때였다. 감정이 고장난 상태. 이것이 우울증이다.

그렇다 보니 '감정'이란 것은 무엇인가에 대해 고민해보지 않을 수가 없다.

우리에게는 다양한 감정이 있다. 기쁨, 즐거움, 노여움, 슬픔의 희로애락 4가지 감정 말고도 감정을 표현하는 어휘는 아주 많다. 그런데 생각보다 자신의 감정을 잘 알고 있는 사람은 드문 것 같다. 내가 "기분이 어때?"라고 누군가에게 물어보면 "좋아", "싫어"두 가지 정도로만 말하는 사람들이 많았다. 심지어 "잘 모르겠다"고 말하는 사람도 많았다. 그런데 감정을 표현하는 어휘는 130개가 넘는다고한다. 우리가 이렇게 느끼는 감정은 다양하다.

'계속해서 우울할 바엔 아예 감정을 느끼지 않았으면 좋겠어!'

혹자는 이렇게 생각할 수도 있겠다. 나를 이렇게 괴롭히는 감정, 차라리 없다면 아프지도 고통스럽지도 않을텐데…. 하지만 부정적인 감정도 다 쓸모가 있다.

'인간의 정신은 생존을 돕기 위한 것이다'라는 관점에서 봤을 때 감정도 인간 생존을 위해 존재한다. 기쁨은 내가 좋아하는 것을 계속하기 위해, 슬픔은 나에게 유해한 것에서 도망치기 위해서. 불안은 다가오는 위협에서 대비하기 위해서. 그렇게 각각의 감정들은 다 제 쓸모가 있다고 말한다. 그래서 기쁜 감정도 쓸모가 있고 슬픔, 우울한 감정도 쓸모가 있다. '병'이 된 것은 이 감정이 과도하게 나타났을 때다. 슬퍼해야 할 일이 생겼을 때 슬픈 건 당연한 일이다. 하지만 어떤 일이발생하지도 않았는데 슬프고 우울하고, 무기력한 것이 잘못된 것이다. 불확실한 미래라든가 당장 어떻게 밥 먹고 살지 모르겠다면 불안한 게 다행이다. 하지만 직장도 다니고 있고 미래에 대해 준비하고 있음에도 불안함이 올라온다면 그것은 병적인 불안이다. 치료하고 바로 잡아야 할 현상이다.

영화 인사이드 아웃에서 보면, 기쁨이가 슬픔이를 억제하려고 한다. 하지만 슬픔을 더는 느끼지 못했을 때 감정의 주체는 제대로 반응을 하지 못하게 된다. 슬플 때 눈물을 흘리고 슬퍼해야 한다. 그러면 주위에서 나의 슬픔을 알아차리고 적절한 도움을 줄 수가 있다. 그뿐 아니라 그렇게 감정을 나 혹은 타인이 인식하고 알아차려야 끝내 사라진다. 그렇지 않으면 감정은 내 기억 속 어딘가에 자리 잡고 불쑥불쑥 튀어나와 나를 당혹스럽게 한다.

그래서 늘 우리는 감정을 돌보아 주어야 한다. 오늘 기분이 어때? 오늘 잘 지냈어? 이런 식으로 자신에게 물어보면, 스스로가 답할 것이다.

'오늘은 그저 그런 하루였어.'

'오늘은 재밌는 하루였어.'

긍정적인 감정을 많이 느낄 때는 굳이 해주어도 되지 않는데 부정적인 감정을 느낄 때 스스로 감정을 알아차리는 게 중요하다. 혼자 살고 혼자 생활하는게 많아진 현대인들에게 특히 중요하다고 생각한다. 내가 거울을 보지 않은 이상 내 표정이 어떤지, 내 기분이 어떤지, 내 행동이 어떤지 알아차려 줄 사람은 아무도 없다. 직장에서 무감각하게 무표정한 얼굴로 키보드를 두들기다가 퇴근 시간이 되어 퇴근하고. 무표정한 얼굴로 집에 가는 차 안에서 창밖을 바라보고 터덜터덜 집에 들어와 공허한 눈으로 유튜브를 보며 밥을 먹는다. 그런 상황에서 "오늘 넌 참 힘들어보여"라고 말해줄 사람 아무도 없다는 것이다. 말해줄 사람이 없다고 해서 실망하지 말자. 스스로 자신의 기분을 들여다 봐주면 되는 거니까.

자기 전에 스스로에게 오늘 하루 어땠어라고 질문을 하자. 오늘 하루 이런 일들이 일어나고 저런 일들이 있었다고 말할 것이다. 그런 그 일에 대해서 어떤 생각을 했는지, 어떻게 느꼈는지 말해보자. 처음에는 잘 생각나지 않을 수 있다. 잘 모르겠다. 그렇게 답할 수도 있다. 그렇다는 말은 그만큼 내가 나의 감정을 돌아보는 일이 익숙하지 않다는 말이다. 계속해서 하다 보면 감정을 나타내는 말이 늘어날 것이다. 그래서 나의 감정을 세밀하게 표현할 수 있을 것이다.

이성이 중요하던 시대는 지나갔다. 지금은 나의 감정을 제대로 살펴보고 알아 봐주는 것. 자신의 감정을 표현하는 것. 그것이 가장 중요한 시대다.

16. 상처

우울증의 원인은 여러 가지다. 신체적인 문제일 수도 있고, 기질적인 문제일 수도 있고 과도한 스트레스가 문제이기도 하다. 우울증을 호소하는 사람 중에서 현재 삶이 전혀 문제가 없는데도 우울증에 걸린 사람을 보기도 했다. 정말 다양한 이유가 있다. 내가 우울증에 걸린 이유는 과한 스트레스였던 것 같다. 스트레스를 유발하는 것 중에 가장 큰 영향력을 지니고 있었던 것은 바로 '상처'였다. 마음의 상처가 나면 우리의 뇌는 실제 피부에 상처가 나는 것처럼 인지한다. 마음이 '아리다', '쑤시다'라는 표현을 하는 거처럼 우리 뇌는 진짜로 그렇게 인지하는 것이다.

그럼 상처란건 뭘까? 상처는 바로 욕구가 좌절 됐을 때 생기는 것이다. 누군가로부터 버림받았던 상처. 그것은 누군가와 소통하고 싶었고 연결되고 싶었는데 그것이 실패해서 발생하는 것이다. 나는 이루고 싶었는데 이루어지지 않은 것 그것이 상처다.

　나에게 있어서 최초의 상처는 아마도 가족 간의 문제지 않을까. 당연히 최초로 만난 사람이 가족이니까. 어머니로부터의 분리. 나는 안정적이고 싶은데 그 분리가 최초의 상처가 아닐까? 안아달라고, 안정을 원하고 싶다고 요구했지만 어머니가 바쁘거나 그것을 해줄 수가 없었을 때, 그것이 최초의 상처가 아닐까. 정말 사소한 일이었지만 그 당시에는 내 온 세계가 무너지는 고통이었을 것이다. 대화라든가, 어머니가 안아주지 못하는 이유 등을 이해함으로써 상처를 치유할 수 있다. 하지만 아쉽게도 나는 상처가 치유되지 않았던 것 같다. 나는 어머니가 나를 거부한다고 생각했고, 어머니가 나를 싫어한다고 생각했다. 오해는 거기서부터 시작됐다. 나에게는 커다란 상처로 남아 곪고 곪은 것이다. 커다랗고 날카로운 칼로 베인 듯한 고통을 마음 속에 품고서 또래 애들과 어울렸다. 하지만 또래 애들 중 몇몇은 나를 놀려댔다. 나의 외모를 가지고 말이다. 나는 상처 받은 마음을 갖고서 어머니에게 가서 하소연 해봤지만 어머니의 말은 이러했다.

　"네가 뚱뚱한 거 맞잖아."

　아. 나의 상처에는 소금이 뿌려졌다. 십수 년이 지난 후에 어머니에게 들은 바 그런 말의 의도는 나를 강하게 키우기 위함이었다고 한다. 그 사소한 말 한마디가 나에게 커다란 상처로 남아서 내 인생 전반을 좌지우지했던 것이다. 나는 모든 일의 원인이 내가 뚱뚱하기 때문이라고 생각하기 시작했고 모든 일이 틀어지고 어려워지는 것은 내가 뚱뚱한 것이라고 생각 했다. 누군가에게 이 얘기를 하면 더 놀려댈까 봐 아무

말 하지 못했다. 다정한 누군가가 내 얘기를 듣고 '네 탓이 아니란다.' 이 한 마디 해줬으면 그 상처들은 다 나았을 텐데.

유년기의 상처는 상담사를 만나고 나서야 어떻게 다루어야 하는지 알게 됐다. 상처는 욕구의 좌절이기 때문에 그 욕구를 해소해주면 자연히 낫는다. 물론 제일 좋은 방법은 그때 상처 준 상대에게 찾아가 내가 듣고 싶은 말을 듣는 것이었다. 예를 들면, 어머니에게 따뜻한 말을 기대했던 것이 좌절된 상황이라면 어머니에게 찾아가 '따뜻한 말을 해주세요.'라고 요구하고 '미안해. 그때는 내가 생각이 짧았어. 너는 내 소중한 자식이야.'라는 말을 듣게 되면 나의 욕구는 이루어진다. 그럼 상처가 낫는다. 그런데 그 시절로 시계를 돌릴 수도 없다. 그럼 대신 내가 말하면 된다. 내가 어머니인척 연기하면 되는 것이다. 뇌는 상상과 현실을 구분하지 못한다. 내가 듣고 싶었던 말이 무엇이었는지 생각하고, 나에게 그 말을 해주면 되는 것이다. 또 한 가지 예를 들자면, 뚱뚱하다고 놀림 받았던 일이 상처가 됐다. 그 남자 아이들이 나에게 말을 다시 하는 상황을 상상한다. 그 아이들에게 무슨 말을 듣고 싶어? 사과를 듣고 싶어. 그럼 그 아이들이 말을 하게 하면 된다. "미안해. 그땐 우리가 아무 생각 없이 말했어. 그냥 너랑 놀고 싶어." 그래. 됐다. 그런 이야기를 나에게 해주면 뇌는 진짜 그 말을 들은 것처럼 생각 한다. 나의 상처는 낫는 것이다. 이렇게 스스로 이야기하면서 내 마음에 있는 상처를 치유 해 갔다. 과거의 상처는 치료하고 현재와 미래에 올 수 있는 역경에 대해서는 대비하고. 그러면서 나의 마음은 점차 건강해져 갔다.

17. 사랑하는 삶 살기

최근에 남자아이에게 연애를 왜 하고 싶냐고 질문했는데 이런 답변을 들었다.

"사랑받고 싶어서."

나는 생각지 못한 답변이라 꽤 신선하다는 생각이 들었다.

친구랑 이야기하는데 불현듯 그 생각이 떠올라서 친구에게 물었다. 너는 "사랑하는 게 좋아? 아니면 사랑받는 게 좋아?" 나는 이런 딜레마에 갇히는 질문하기를 좋아한다. 고민에 빠진 그 모습을 볼 때 그 희열이란. 어쨌건 이게 중요한 게 아니다. 나는 사랑하는 삶과 사랑받는 삶, 둘 중에 어느 것이 더 나은 건지가 궁금했다.

"사랑받는 게 더 행복할 것 같아."

친구는 그렇게 대답했다. 아마도 몇 개월 전의 나라도 그렇게 대답했을 것이다. 하지만 정말 그럴까. 그런 생각이 들었다.

나는 내가 누군가를 가장 뜨겁게, 열렬히 좋아했던 때를 떠올렸다. 우울했던 삶 속에서 그 사람을 만나면 즐거웠다. 그 사람이 건네는 말이 너무 웃겼고 재밌었다. 나는 그 사람이 재밌어서 좋았다. 그 사람이 유쾌한 사람이라는 것은 나 말고도 다른 사람도 알고 있어서 그 사람은 꽤 인기가 많았다. 나는 그 사람을 정말 좋아했다. 그 당시에는 연애에 대해서 잘 알지 못했던 터라, 그 사람을 남자로서 생각하지는 않았다. 그냥 우연이라도 어떻게든 만나서 같이 시간을 보냈으면 좋겠고 친하게 지냈으면 하고 바랐다. 용기가 없고 자존감이 낮았던 그때의 나는 어떠한 시도도 하지 못했다. 하지만 그 사람은 내가 그를 좋아하는 걸 알고 있었다. 티나 너무 난 거겠지.

그 이후로 사람을 열렬히, 그때만큼 좋아해 본 적은 없었다. 그 사람만큼 재미있는 사람이 없었다. 그렇게 뭔가를 사랑하지 않았다. 아니 사랑할 수가 없는 마음 상태였다. 매일같이 지옥을 경험하고 있는 나는 삶을 사랑할 수가 없었다.

무언가를 사랑했던 경험이 끊겼다가 올해 초에 다시 시작됐다. 물론 대상은 사람이 아니다. 글이었다. 글을 쓰는 삶이란 행복했다. 글을 통해서 무언가를 만들어내고 이야기를 만들어내는 과정이 재밌었다. 그 경험이 나를 좀 더 밝게 만들어주고 나를 나답게 만들어준다는 생각이 들었다.

다시 사랑을 찾고 나니, 사랑을 주는 것과 사랑을 받는 일에 대한 생각이 조금 바뀌었다.

좋아하는 것, 사랑하는 것이 있는 삶이 더 행복한 게 아닐까. 사랑은 받는 거라 내가 어떻게 조절할 수는 없지만, 사랑하는 것은 내가 주체가 되는 거니깐.

20대 초반의 짝사랑 경험 말고는, 나는 사랑하는 것이 없었다. 이 세상에 사랑하는 것이 없어서 너무나 괴로웠었다. 내 삶을 사랑하지도 못했고 내 가족 내 친구 내가 한 일 내 몸 그 어느 것도 사랑하지 못했다. 내가 나를 사랑하지 못하는데, 타인이 나를 사랑해준들 와 닿지 않았다. 사랑받는 것이 행복하려면 내가 적어도 나라는 사람만큼은 사랑할 줄 알아야 하는 것 같다.

지금은 나를 사랑하기를 넘어서 나 이외의 무언가를 사랑하는 삶도 좋을 것 같다는 생각이 들었다. 타인에게 사랑받기보다는 타인을 사랑하는 일이 더 나을지도 모른다는 생각이 얼핏 들었다. 늘 타인에게 사랑받기를 원하고, 갈구하고 기다리고 있었는데, 이런 삶보다 좀 더 차원 높은 삶이 있을지도 모른다는 생각이 들었다. 내가 먼저 사랑하고 좋아해 주고, 아니다 싶으면 과감하게 뒤돌아설 수 있는 그런 자유! 그런 자유가 갖고 싶다.

사랑하는 일이라고 한다면, 나는 거침없이 '글쓰기'라고 말한다. 생각하고 그것을 표현해내는 일, 그것들이 재밌다. 그리고 내가 토해낸 맞춤법도 잘 맞지 않은 서툰 글이 좋다. 서툴면 서툰 맛이 좋고, 매끄럽게 잘 써내면 나에게 이런 능력이 있었어? 하고 감탄하게 된다. 사랑하는 만큼 사랑을 돌려받는 일이 가장 행복한 것 같다. 하지만 내가 사랑한다고 해서 다 사랑 받을 수 있는 건 아니지 않을까. 고통스럽긴 했지만 사랑할 때가 더 나는 에너지가 있었던 것 같다. 지금은 무언가를 사랑하고 싶다. 다시금 삶을 사랑하고 열정적으로 살아가고 싶다.

18. 브이로그(vlog)를 보는 이유

우울증이 어느 정도 나아가는 것 같은 기분이다. 그동안 삶이 저주스러웠던 것에 비하면 훨씬 낫다. 나는 꽤 삶이 소중하다는 인식을 하게 됐으니까. 뭐 특별히 좋은 일이 일어난 것은 아니다. 3월부터 삶은 소중한 것이고 신으로부터 내려온 축복이라고 되뇌었다. 나에게 주어진 선물이라고 외우듯이 했다. 그렇게 안 느껴지더라도 했다. 비록 지금 느껴지는 감정이 우울함이더라고. 삶 대부분이 불만족스럽고 외롭다고 느껴지더라도. 살아있는 것 자체가 중요하고 소중한 것이라 생각하기로 했다. 그렇게 계속 생각하자 정말 그런 생각이 들었다.

그리고 지난 십여 년간, 우울증을 앓고 있었던 순간마다 나는 삶을 저주했다는 것을 깨달았다. 정말 병이 심각했었다는 게 느껴졌다. 순간마다 고통스러웠고 숨 쉬고 있는 것이 너무나 힘들었다. 그만하고 싶어서 계속 울었다. 살아있다는 게 너무 무섭고 불안하고 외로웠다. 나는 잘 살아갈 수가 없을 것 같았다. 그래서 늘 겁에 질렸다.

하지만 삶에 대한 긍정적인 면을 보기로 하자, 살아가기로 마음먹었다. 십여 년간 우울의 늪에서 빠져 있으며 매일같이 '죽고 싶다'라고 생각한 사람에게 생긴 변화였다. 나는 다리가 부러져서 깁스를 오래 하다가, 깁스를 풀게 된 사람처럼 뭔가 삐걱거렸다. 혼수상태에서 깨어난 기분이었고 냉동상태에 있다가 해동된 기분이다. 다른 사람들은 잘만 걷고 있는데, 이미 오래전부터 걸었고 쉼없이 걷고 있는데 나 혼자 십여 년간 누워 지낸 기분이다. 그러다가 이제 좀 나아져서 깁스를 풀고 어기적어기적 걸어보는 것 같았다. 그래서 어색하고, 동작 하나하나가 부자연스럽고 느렸다. 정말 먹는 것, 자는 것부터 다시 배워야 했다. 먹는 것은 오랜 폭식과 거식의 반복으로, 일정한 식사량이 없었고 잠은 도중에 깨거나 불면 등으로 수면의 질이 떨어져 있었다. 이것부터 회복해야 했다.

의사는 나보고 이제 일상으로 돌아가라고 하셨다. 그런데 나는 일상이 뭔지 감이 오지 않았다. 일상과 비일상이 무엇이었는지 모르겠다. 나는 일상이 없었다. 돌아갈 곳이 없는 기분이었다.

앞이 보이지 않는다고 해서, 뒤로 되돌아갈 수는 없었다. 이제 해야할 일은 어떻게 살아가야 하느냐에 대한 답을 찾는 것이었다. 나는 사람들의 '사는 법'이 궁금해졌다. 옛날에는 직접 사람들에게 그들의 하루를 물어봐야겠지만, 요즘은 영상이 잘 되어 있는 시대라 편하다. 유튜브에 올라와 있는 사람들의 일상 브이로그를 보면 됐다. 시험 문제에 답을 적기 위해 옆에 있는 친구 것을 커닝하는 것과 비슷한 일이었다.

나는 연예인이나 대단한 사람들의 삶보다 평범한 사람들의 삶을 찾아다녔다. 30대 초반의 여자, 혹은 백수, 직장인, 글을 쓴다고 하는 사람 등등 나와 비슷한 점을 가진 사람들의 일상을 훔쳐보았다. 공통적으로는 일어나서 밥을 먹고, 하루를 보내고 일을 하거나 공부를 하고, 운동을 했다. 그리고서는 하루를 마무리하며 잠들었다. 아무도 그 사이에 폭식을 하고 구토를 하거나, 삶을 저주하면서 울거나 하지는 않았다. 그냥 이렇게 살면 되는구나 싶었다. 이렇게 쉬운 일인데 그동안 왜 그렇게 무서워했던 거지? 특별한 비결이 있는 게 아니었다. 생활을 위해 돈을 벌고, 그런 다음 친구들과 가족을 만나서 시간을 보내거나 취미활동을 하면 되는 일이었다. 나는 매일 같이 파티를 하며 놀러 다니고 돈을 펑펑 쓰는 그런 삶을 원한 게 아니었다. 그냥 평범한 사람, 평범하게 하루를 살아가는 사람이 되고 싶었다. 나만의 방이 하나 있고, 밥과 반찬 한 두어 개로 식사를 하고 돈을 벌고 얘기 나눌 친구가 있는 삶. 그냥 그게 내가 바라는 것이었다.

많은 사람이 타인이 올린 일상 영상을 보고 대리만족하거나 타인의 삶에 대한 궁금증을 해결한다. 내가 본 브이로그에서 제일 만족스러운 건, 자기만의 스타일로 꾸민 자취방에서 간소하게 하지만 적정량으로 끼니를 해결하고, 돈을 벌고, 여가를 보내다가 잠이 드는, 그런 브이로그였다.

19. 삶 재건하기

"저번에 꽤 좋아 보이셨는데 2주 동안 어떠셨나요?"

의사가 나에게 물었다. 나는 차분하게 최근에 느낀 내 감정을 이야기했다. 2주에 한 번 병원을 방문한다. 지난 2주보다 나는 좀 더 긍정적이게 됐고, 삶이 주는 기쁨을 지속해서 느끼게 됐다. 물론 짜증이나 외로움이나 부정적인 감정들이 한 번씩 올라오긴 했지만 견디지 못할 정도는 아니었다.

최근 2주간 나는 지난날을 돌이켜보면서, 대체 과거의 나는 어떻게 살아갈 수 있었는지 신기해하고 있었다. 매일 같이 몸을 찢는 것 같은 고통이 시작됐고 무기력하고 무의미했으며 아무것도 하고 싶지 않은 삶이 십여 년간 지속 됐기 때문이었다. 매 순간 죽고 싶었고 이 고통에서 해방되고 싶었다. 지금은 아무 일이 없으면 어떤 고통도 없다. 평온한 상태에서는 삶이 흥미진진하고 재밌다고 느낄 정도다. 막연한 미래에 대한 불안도 없다. 나는 지난 십여 년 동안 가장 행복한 순간을 보내고 있었다.

"혼수상태에서 깨어난 느낌이에요."

"그리고 어떻게 삶을 재건해야 할 지가 고민이에요."

나는 혼수상태에서 깨어나 이제 남들이 일반적으로 하고 있는 '정상' 궤도에 오른 것이다. 이제야 일반적인 삶에 온 것이다. 의사는 내 말에 동의하며 나보고 '이제 천국으로 간 게 아니'라고 했다. 그 표현이 꽤 충격적이었다. 혼수상태에서 깨어났지만, 나는 천국에 온 게 아니구나. 좋은 일도 있고 안 좋은 일도 있고 무료하기도 한 일상이 반복되는 삶에 온 것이다!

나는 내 삶을 재건하기 위해 다른 사람들이 어떻게 살고 있는지 타인의 영상을 보고 참고 하고 있다니까, 의사는 자기 생각을 말씀해주셨다. 그러니까 회사라는 것에 맞지 않아 하고 힘들어했던 지난날을 돌이켜볼 때 지금이 행복하다면, 꼭 회사로 돌아가는 일반적인 삶을 살펴볼 필요가 있는지 였다. 남들이 어떻게 살아가는 것에 의식할 필요가 있을까 하는 생각할 지점을 던져주셨다.

사실 난 전업 작가가 될 수 있을지 불안했다. 자신이 없었다. 글 쓰는 일은 재밌긴 하지만 8시간을 글 쓸 자신도 없고 혼자 글 쓰는 일이 외롭다는 생각이 들었다. 수입이 직장인 만큼이나 보장된다고도 할 수 없는 점이 불안을 가중시켰다. 그래서 직장인이 되고 싶었고 회사에 해고 당하기 전까지도 끝까지 붙어 있었던 것이다. 하지만 나의 특성, 강점에서 볼 때 난 작가, 프리랜서의 길을 가는 게 맞았다. 나는 벌써 그 길이 험난할 것을 알고 지레 겁먹고 뛰어들기를 기부해왔던 섯이다.

결국 혼수 상태에서 깨어나 나를 바라보고 나의 삶을 만들려고 하고 있다면, 불안하다고 다른 이들의 삶을 사는 것보다는 내가 좋아하는 일을 하는 게 낫지 않겠느냐고 말씀해주셨다. 많은 사람이 가는 길이 아니라서 어떻게 이 길을 가야 하는지 방향이 잘 나와 있는 것은 아니었다. 그래서 불안했지만, 더는 방법이 없어 보인다.

나는 나만의 길을 만들어가야한다.

드라마에서 남자주인공의 사랑하는 여자가 사고때문에 혼수상태에 빠졌다. 사고를 당하고 의식을 잃는 순간이 클라이막스가 될 것이다. 결국 남자가 여자의 손을 잡고 있는 동안 여자는 기적적으로 눈을 뜰 것이며 드라마는 해피엔딩으로 끝이 난다.

그러다 보니혼수상태에서 깨어나기만 하면 해피엔딩인줄 알았지. 하지만 현실은 생각과 달랐다. 혼수상태에서 깨어나 보니 모든 것이 정리될 줄 알았는데, 이제 시작이었다. 그동안 내 생활은 엉망이었고 무질서 했다. 새로운 규칙이 필요했다. 과거 매일 같이 규칙적으로 학교를 다니며 수업시간에 집중하고, 집에 와서 학원 가고 갔다 와서, 학원 숙제 하듯이 말이다. 물론 공부만 한 것은 아니었다. 나만의 노는 시간도 만들어서 만화나 드라마를 보며 혼자 놀았다. 그런 일을 매일 같이 반복했고, 그 이외는 특별할 것 없는 삶인데도 난 만족했다. 잘 살았었다. 그 엄청난 통제력을 가지고 있던 내가, 많이 먹고 아무것도 하기 싫어하고 무기력하고 열정 없고 삶을 포기해버린 자의 모습을 하고 있었으니… 충격이었다.

정리해야 한다. 일단 과거에 나의 모습을 그대로 가지고 있을 수는 없다. 현재 상황이 어떤 상황인지를 알아야 한다. 현재 상황이 어떤 상황인지 모르겠다가 첫 번째 혼란스러움이다. 두 번째로는 그렇다면 세상에 적응하기 위해 남겨야 할 내 모습은 무엇이고 버려야할 내 모습은 무엇인가. 중, 고등학교 때는 선택지는 굉장히 좁았다. 그냥 5지선다였다. 답이 뭔지 알았다. 그냥 체크만 하면 되는 일이었다. 하지만 지금 현실은 주관식 서술형이고 너무나 많은 길이 있다. 그래서 혼란스럽다. 심지어 문제 수도 많다. 아니 문제가 나왔는데 뭐라 적혀 있는지 읽을 수조차 없는 것도 있다.

그래서 대학교 1학년 첫 여름방학을 맞이한 기분이다. 뭘 해야 할 지는 막상 모르겠는, 내 꿈은 무엇이었고 꿈이 중요한 것인지 돈벌이를 하려면 어떻게 해야 하는 것인지 모든 것이 뒤죽박죽인 상황. 무언가 열심히 하고 싶어서 성과를 만들고 싶은데, 그 방향을 모르겠는 상황.

16실의 나는, 32살에 내가 글을 쓰고 있을 거라고 생각 하지 못했다. 글 쓰는 것이 밥을 제대로 벌어줄 거라 생 각하지 않았다. 물론 잘 쓰는 사람이야 돈을 많이 벌겠지만 나는 잘 쓴다고 할 수는 없었다. 단편 소설을 쓰고 싶었지만 제대로 마무리되지 않는 걸 보면서, 나는 글 쓰는 재주는 없다고 생각했다. 그냥 글은 취미일 뿐이다. 그러다 난 갑작스레 사고를 당해버렸고, 혼수상태에 빠지면서 내가 한 일은 오직 글 쓰는일 뿐이었다. 그래서 남은 게 수두룩한 일기뿐이더라.

나는 이제 내가 가야 할 길과 인생에 대한 목표와 앞으로 어떻게 살아갈 것인지를 정해야 한다. 누구를 만나고 어떤 사람들과 교류하고, 얼

마나 교류할 것인지 등등 이제 나만의 라이프 스타일을 다시 만들어야
한다. 그것이 나에게 주어진 숙제이다.

20. 우울증이 낫는다는 것은

사람마다 우울증을 앓던 시기도 다르다. 누군가는 1개월 앓았고 누군
가는 10년을 앓았다. 또 나은 줄 알았는데 1년 후에 재발하는 경우도
있다. 특히 우울증의 경우에는 재발하는 경우가 많다고 하니 꽤 까다로
운 병이다. 우울증은 사람마다 나타나는 증상도 다르고 원인도 달라서
딱 어떤 시점이 나았다고 단정할 수는 없다. 정확히는 의사와 함께 상
의해서 치료의 종결을 만들어 가야 한다.

우울증이 낫는다는 것은 내가 다른 사람이 됨을 의미하지 않는다. 예
전에 했던 일상생활을 할 수 있는 정도를 말한다. 우울하게 바라보았던
것들이 왜 그렇게 생각했지? 라는 의문이 드는 정도가 된다. 그렇지만
그렇다고 나에게 있는 다른 문제들이 해결되는 건 아니다. 돈이 없어서
우울에 빠졌던 사람이라면, 우울이 나아져도 돈이 없는 상태는 그대로
일 수 있다. 사람이 없어서 외로웠던 상태였더라면, 우울증만 낫는다고
해서 사람이 생기는 건 아니다. 물론 더 건강한 상태에서 돈을 벌 수 있
고 사람을 만나서 만족으로 가는 길이 쉬워질 수는 있다. 그렇다고 그
길이 저절로 펼쳐지는 것은 아니다. 내가 만들어야 한다.

나는 우울이 나아졌을 때 더 조심하라고 말해주고 싶다. 우울이 어느

정도 나으면 활력을 다시 찾게 되는데, 우울해하는 동안에 망쳐놨던 나의 삶을 보면 더 좌절에 빠지기도 한다. 그때야 엉망진창으로 어질러 놓은 내 책상 위, 내 방, 내 학업, 내 직장, 인간관계, 내 삶이 보이기 시작하는 것이다. 현실적으로 그런 것들이 다가오면 우울해진다. 우울증을 앓았던 그 시간은 암흑기만 갖고 왜 내가 우울에 빠졌는지 후회하고 자책하게 된다. 사실 그런 것은 도움이 되지를 않는다.

내가 우울이란 터널을 빠져나왔을 때 내리쬐는 햇볕에 행복감을 만끽했다. 그 후 느꼈던 것은 내 손에 있는 것은 아무것도 없다는 느낌이었다. 나는 나이만 먹었지 할 줄 아는 건 없었고 주위에 사람이 없었다. 그래도 과거를 탓하지 않기로 했다. 과거를 탓했다가는 또다시 우울에 빠질 것 같아서였다. 나는 앞으로 나아가야 했다. 내가 쉬었던 시기가 있었으니깐, 더 이 악물고 달려갈 것을 다짐했다. 그리고 우울증을 겪었던 이 경험을 어떻게든 발판으로 삼겠다고 마음 먹었다.

21. 우울증은 낫는다

난 우울증이 낫지 않을 줄 알았다. 많은 음식을 와구와구 먹고, 억지로 토하고 난 후 지쳐 바닥에 쓰러져 있을 때 그런 생각을 했다. 난 대체 언제 괜찮아질까. 나아질 수는 있는 걸까. 나는 언제까지 이러고 살아야 하는 걸까.

난 인생을 즐길 수나 있을까. 미래를 꿈꿀 수나 있을까. 날마다 죽고 싶은데 끔찍한데 나는 살아갈 수 있을까. 그런 생각을 했다.

그런데, 결국 낫더라. 병이라서 낫는다. 낫고 나서 보니까 세상은 너무나 아름다웠고 살아 있다는 것이 감사했다. 나는 죽다 살아난 기분이었다. 하루하루가 즐거웠고 재미있었다. 좋아하는 사람들을 또 만나고 싶었고 유쾌한 농담도 던지고 싶었다. 내 주변에 있는 사람 하나하나가 소중했다. 흙수저, 지방대학, 얼마 없는 통장 잔고, 내 집 없는, 그 어디에도 내 것이 있다고 보기에는 어려운 삶이지만. 그래도 기뻤다. 감사했다. 나는 그냥 들판에 누워도 기쁘다는 생각이 들었다. 그냥 살아 있는 것 자체가 즐겁다고 생각했다. 살아있으면 무엇이든지 할 수 있을 것 같은 기분이 들었다. 하는 일마다 잘될 것 같고, 잘 안돼도 상관없다. 그냥 오늘 하루 살아 있으면 된다는 생각이 들었다.

그렇게 낫지 않을 것 같아 보였던, 영원해 보일 것 같던 우울증도 결국 낫는다. 못 고치는 병이 아니다. 나는 그 말을 전하고 싶어서, 내가 우울증을 낫는 그 사람의 실체가 되는 걸 보여주고 싶어서 그때의 기분들, 상태들을 적어왔다. 그리고 당당히 우울증에서 나을 수 있음을 말할 수 있어서 너무 기쁘다.

나을 수 있으니까, 반드시 나을 수 있으니까.

그 누구도 포기하지 않길 바란다.

5. 우울증 이해하기

01. 게으른 게 아니다

　우울증의 대표적인 증세가 '무기력'이다. 매사에 흥미가 떨어지기 시작하더니, 의욕을 잃고 무언가를 해낼 힘이 사라진다. 그렇다 보니 대부분의 시간을 누워서 아무것도 안 하는 채 보내거나 휴대폰만 보게 된다. 약속 시간에 늦거나 해야 할 일정을 미루고 싶다. 학교나 직장을 가야 한다면 안 가고 싶은 마음과 사투를 벌이다가 마지노선에 다다르면 이윽고 무거운 몸을 일으킨다. 그래서 지각하기 일쑤다. 나는 심한 무기력으로 인해 대학생 때 학교 수업을 자주 빼 먹고는 했다. 정상적으로 학교, 직장 생활을 하며 일과를 보내는 사람의 눈으로서는 도저히 이해되지 않을 모습이다. 일단 드는 생각은 '게으르다'일 것이다. 어떻게 보면 이 사람들은 자신의 인생에 대하여 무책임해 보이기까지 한다. 그래서 가족들은 바닥과 한몸인 상태인 우울증 환우에게 '왜 이렇게 게으르냐'며 다그치기도 한다. 이는 환우에게 비난으로 들리고 더욱더 몸과 마음은 움직일 생각을 하지 않게 된다.

　우울증에 시달리는 사람이 천성이 게으른 사람인 것이 아니다. 나는 우울증 겪기 전에 학업 상태가 굉장히 좋은 편이었다. 스스로의 의지로 학원에 다녔고 학원에 갔다 와서는 칼같이 숙제 먼저 다 끝낸 다음 휴식시간을 즐겼다. 숙제나 준비물을 미리 챙겼고 잠자리에 들었다. 시험 성적도 좋았다. 하지만 우울증 증상이 나타난 후부터는 지각을 자주 했고 만사를 미뤄 놓기 일쑤였다. 나뿐만 아니라 다른 우울증 환우의 이야기에서도 알 수 있는 것은, 우울증 환우들이 처음부터 게으른 사람이 아니었다. 미래를 위해 부지런히 준비하는 사람들이 많았다. 새벽 5시에 일어나서 일과를 시작하고 밤늦게까지 자기계발을 위해 노력하는 사람들이었다. 대입, 토익, 공무원 시험등 각종 시험 대비를 위해 하루종일 공부하는 사람들도 많았다. 노력하지 않은 사람들이 아니다. 충분히 노력했는데도 결과가 나오지 않았던 사람들이다.

무기력의 대표적인 일화가 코끼리 이야기이다. 코끼리의 발목에 끈을 묶어 도망가지 못하게 하면 코끼리는 자신이 도망가지 못한다고 생각한다. 발목의 끈을 풀어주어도 코끼리는 나갈 생각을 하지 않는다. 무기력이 학습된 것이다. 포솔트 강제 수영실험은 학습된 무기력을 잘 보여준다. 실험용 쥐 한 마리를 물을 채운 수조 안에 넣는다. 쥐는 수조에서 빠져나오기 위해 안간힘을 다해 헤엄을 친다. 하지만 그렇게 시도해도 수조 밖으로 탈출할 수 없다. 자신이 수조 밖으로 나올 수 없다는걸 알게 된 쥐는 헤엄을 포기한다. 무기력이 학습된 것이다.

무기력이 학습된 상태에서는, 자신이 무기력하게 된 데에는 상당한 근거가 있다. 그동안의 경험 말이다. 그렇다 보니 단순히 '너가 게으르다'등의 말들은 비수로 꽂혀 마음에 아픔만 가져다 줄 뿐이다. 일반인의 마음을 이해하지 못하는 것은 아니다, 일반인의 시각에서는 일과를 시작하는 게 뭐가 그리 힘이 드는 일인지 이해하지 못한다. 만사가 모두 다 가능하다고 생각하지는 않지만 그렇다고 무조건적으로 불가능하다고 생각하지도 않는다. 그렇다 보니 뭔가를 할 의욕이 나는 것이다. 게다가 가족들이나 친구 등 가까운 사람들은 잘되길 바라는 마음에 다그치기도 한다. 하지만 이는 역효과만 불러 일으킬 뿐이다. 게을러보이는 사람이 있다면 무조건으로 게으르다고 비난 할 것이 아니라 왜 그렇게 된 건지 그 생각을 물어보자. 그리고 그 이유가 우울증 때문이거나 학습된 무기력에 의한 것이라면 그 생각이 차차 바뀔 수 있도록 기다려주자.

02. 노력과 의지로만 해결되지 않는다

우울증 환우 주변 가족과 친구들, 그리고 심지어 우울증 환우 자신까지도 잘못 생각하는 것이 바로 우울증은 '노력'과 '의지'로 극복해낼 수 있는 문제라고 생각하는 것이다. 정신의 영역이다 보니 개인 스스로가 알아서 할 수 있는 일이라고 보인다. 우울한 감정이 주된 증상이니 감정은 스스로가 조절해야 할 것으로 생각된다. 하지만 감정은 보이지 않는 무형의 것이라 제어하기가 까다롭다. 무엇보다 우울증은 감정이 정상적으로 작동하는 상태가 아니므로 아무리 스스로가 제어해보려고 해도 다스려지지가 않는다. 급발진하는 자동차와 같은 것이다. 내가 액셀을 밟지도 않았는데 질주하고, 핸들이 제멋대로 움직인다.

03. 성격이 예민하고 까다로워서가 아니다

우울증에 대해서 사람들이 오해하고 있는 것은 '내성적이고 소심한 성격의 사람이 우울증에 잘 걸린다.'이다. 사람들과 교류가 적고 혼자 있는 시간을 더 좋아한다거나 조용하거나 사람들 앞에서 잘 나서지 못하는 사람들이 쉽게 걸리는 병이라고 생각하는 사람들이 더러 있다. 또 성격이 예민하고 까다로운 사람들이 상황에 적응하지 못하고 우울증에 잘 걸린다고 생각한다. 우울증은 호르몬이라는 신체적인 문제 때문에 발생하기도 하고 정신적 충격이나 극심한 스트레스를 겪어서 생기기도 한다. 많은 요인이 있다. 성격과는 별 관련성이 없다. 활달하고 명랑한 사람도 우울증에 걸릴 수 있다. 특히 겉으로는 밝고 활발한데 다른 신체적 증상을 동반하여 우울증 진단을 받는 사람들도 있다. 나도 사람들이랑 많이 어울릴 때는 해맑아 보인다라던가, 밝아 보인다라는 말을 많이 들었다. 나를 잘 모르는 친구는 나를 보더니 어떻게 하면 저렇게 밝게 살 수 있느냐는 생각을 했다고 한다. 겉으로 보이는 것과 속으로 보이는 것은 다르며 외향적인 것과 내향적인 것은 우울증과 관련성이 적다.

04. 주변의 사람이 많으면 되는 게 아니다

어느 날 누군가에게 혼자 있는 것이 더 편하고 좋다고 하자, 그 사람은 대뜸 "혼자 지내는 거 너무 좋아하면 우울증이라던데."라고 말했다. 이 말은 틀린 말이다. 혼자 지내는 것을 좋아하는 것과 우울증은 큰 상관관계가 없다. 우울증과 동반되는 외로움 때문에 그런 오해가 생겼나고 생각한다. 사려 깊은 배우자나 가족, 주변의 친구들이 많은 사람이더라도 우울증에 걸릴 수 있다. 주변인들의 응원과 격려가 있다면 도움이 될지는 모르겠지만, 그것이 없다고 하더라도 우울증을 극복해내지 못하는 것도 아니다. 우울증에 걸린 사람들 자신까지도 해결책은 주변의 사람이라고 생각하는 경우가 있다. 하지만 나의 경험상 이는 틀린 말인 것 같다. 가족이 우울증에 걸린 경우 가족들도 힘들어 하는 경우를 자주 보았다. 가족들이 무언가를 하기 위해서 조언을 한다거나 간섭을 하는 경우가 있는데 이게 오히려 더 악영향을 끼친다. 우울증에 걸린 환우에게 부담감을 지어줄 수 있기 때문이다. 주변의 사람들이 할 수 있는 일은 이들이 낫기만을 인내심을 갖고 기다려 주는 것이다. 우울증은 스스로가 극복해내야 하는 병이다. 타인이 옆에 있다고 해서 나아지는 병이 아니다. 주변과 관계가 좋은 사람도 우울증에 걸리기도 한다. 우울증을 일으키는 원인은 아주 많기 때문이다.

05. 엄살이 아니다

내가 우울증이 아닐까? 병원에 가봐야 하는 게 아닐까? 하는 생각을 하다가도 망설이는 사람들이 있다. 망설이는 이유는 이렇다. '누구나 다 겪는 일인데, 내가 유난 떠는 게 아닐까? 엄살떠는 게 아닐까?' '모두 이 정도는 겪어. 이런 일로 힘들어하는 내가 엄살 피우는 거야.'이런 생각을 하다 보니 병원에 가는 시간이 계속에서 늦어진다. 하지만 엄살이 아니다. 당신은 아픈 게 맞다. 당신이 겪는 고통은 유난이나 엄살이 아니다. 피부를 찌르는 듯한 고통, 몸이 타들어 가는 것 같은 고통, 바늘 같이 날카로운 무언가로 심장을 콕콕 찌르는 것 같은 느낌, 찢어질 것 같은 기분들 여러 가지 고통을 느낀다. 뇌는 심리적인 아픔을 신체에 가해지는 고통처럼 느낀다. 아픈 것은 정말 아픈 것이다. 이 정도는 혼자 이겨낼 수 있는데 병원에 가는 것은 나약한 게 아닐까. 라는 생각을 하기도 한다. 하지만 병원에 가는 사람들이 의사들에게 듣는 첫 말은 '용기를 내주셔서 감사합니다.'였다. 병원에 잘 왔다고 용기를 내고 의지를 가지고 병을 고치려고 했기 때문에 칭찬받은 것이다. 병원에 오는 사람들은 자신의 삶을 바로 잡기 위해 노력하는 사람이다.

고통은 주관적이기 때문에 무엇이 고통이 크다 나쁘다 할 수 없다. 스스로가 이겨내기 버겁다면 도움 받아야 할 고통의 크기이다. 일상생활을 유지하기 힘들고 매 순간마다 마음이 힘들다면, 전문가에게 도움을 받아야 한다.

06. 이상한 게 아니다

자신의 겪는 감정과 기분이 일반인과 다르고, 자신의 증상을 이야기하면 일반인은 이해하지 못한다. 그렇다 보니 일반인과 다른 자신의 상태가 무언가 잘못되고 이상한 게 아닌가 하는 생각을 한다. 사람들은 우울증에 대해서 이야기하기를 꺼려한다. 또 많은 사람이 정신과의원에 가는 일을 두려워하고 한다. 의료기록이 남아서 취업이나 각종 사회생활에 악영향을 끼치면 어떡하느냐라는 걱정을 많이 한다. 정신이상

자라고 폄하하는 것이 문제다. 내가 병이 심했던 2010년에는 정신과의원에 간다는 사실이 일반적이지 않았다. 우울증에 대한 자료도 없었다. 특히나 인식이 좋지 않았다. 그래서 나 또한 적절한 진료 시기를 놓쳐서 병을 더 오래 앓았다.

'내과에 간다.', '이비인후과에 간다.'라는 것처럼 '나 오늘 정신과에 가.'라고 당연하고 쉽게 말하는 사람이 드물다. 정신과 과목을 진료받는다는 것을 말하지 않고 숨기기에 급급하다. 우울증 환우조차 자신을 이상한 사람이 아닌가 생각하며, 주위 사회가 정신과 진료를 껄끄러워하고 있다. 이러한 의식은 바뀌어야 한다고 생각한다. 우울증이 기억력 감퇴나 판단을 쉽사리 하지 못하는 등의 증상을 수반하기는 하지만 지능적으로 문제가 있는 게 아니다. 뒤떨어지는 사람인 것도 아니다. 학업 성적이 좋고 지능 상으로 아무 문제가 없는 사람도 우울증에 걸릴 수 있다. 우울증 때문에 학업 성취도가 낮아질 수 있는 것이지 태생적으로부터 문제가 있는 사람인 것은 아니다.

이렇게 사회적으로 좋지 않은 인식을 지닌 병이다 보니 우울증에 대한 정보를 많이 찾을 수가 없다. 어떻게 해서 극복하게 됐다더라던가. 무엇이 좋다더라 하는 이야기들, 정신과의원에 대한 후기들을 찾아볼 수가 없다. 병원에 대한 정보가 적다 보니 두려움이 더 커진다. 많은 사람이 병원을 방문하기를 꺼리고 있어 치료를 제때 하지 못하고 더 심각한 증상을 겪게 된다. 제일 중요한 것은 증상이 약할 때 전문가와 상의를 해서 병을 고치는 것이다. 이것은 '병'이지 영원한 '낙인'이 아니다. 병은 고칠 수 있다.

6. 우울증 극복 방법

01. 우울증 극복의 기본 원리

병은 원인이 있고 이 원인을 제거하면 낫는다는 게 기본 법칙이다. 그런 전제하에 치료가 이루어지는 것이다. 예를 들어 위염의 경우, 병의 발생 위치는 위이고, 위의 염증을 사라지게 하면, 병이 나아진다. 위의 염증이 나타나는 이유는 잘못된 식습관, 스트레스 등의 원인이 있을 수 있다. 신체 증상에는 이렇게 원인과 결과를 나눠서 생각할 수 있다. 하지만 아직까지 우울증은 의학계에서 그 원인이 정확하게 밝혀지지 않았다. 원인이 있다고 하더라도 신체적인 문제, 스트레스 등등 다양한 요소들이 섞여 있어서 원인을 쉽게 단정하기가 어렵다. 원인을 단정할 수 없다보니 치료 방법도 딱 잘라 이야기하기가 어렵다. 그 점을 꼭 이해해야 한다. 그렇다 보니 우울증의 치료를 마음먹었을 때는 많은 기다림이 필요하다. 일상생활로 돌아오는 데는 3개월이 걸릴 수도 있고 1년이 걸릴 수도 있고 5년이 걸릴 수도 있다.

이 점을 이해했으면 우울증 치료의 원리를 알아보자. 내가 강조하고 싶은 방법은 약물치료와 상담치료 두 가지이다. 우울증의 원인 정말 많기 때문에 두 가지 치료를 병행해야 복합적으로 나아질 수 있다. 약물치료의 경우는 뇌에 작용하여 호르몬을 조절하는 것이다. 많은 사람들이 약물에 대해서는 겁을 먹는다. 부작용이 있을까 봐 이다. 나는 약물을 5년 이상 복용했는데 부작용도 내성도 없다. 물론 부작용이 있는 약물이 있다. 하지만 요즘에는 그런 약물을 거의 처방하지 않는다. 약물은 수면의 질을 높이고 마음을 푸근하게 하는 등의 효과가 있다. 약물은 정신과의사의 처방에 따르는 것이 제일 좋다. 스스로의 생각으로 갑작스럽게 약물을 줄이거나 약을 끊거나 하지 말아야 한다. 약물이 갑작스럽게 복용 중단되면 역효과가 나올 수 있기 때문이다. 또 사람에 따라 잘 작용하는 약물이 다르므로 의사와 상의해서 약물을 조정해 나가면 된다.

　내가 중점적으로 이야기하는 방법은 심리 상담치료이다. 그렇다고 상담치료가 더 중요하다는 이야기가 아니다. 약물치료는 의사와 상담하는 게 제일 효과적이기 때문에 언급이 적을 뿐이다. 우울증은 심리적으로 삶을 버겁다고 느끼고 불안하고 고통스러운 것으로 인식한다. 삶이 고통스러운 이유에 대해서는 두 가지로 생각해볼 수 있다. 첫 번째 실제로 고통스러운 사건이 일어난다. 예를 들면 사랑하는 사람의 부재, 이별, 죽음 등과 같은 일, 취업의 실패, 해고, 대인관계의 어려움 등등이다. 사람은 살면서 각종 안 좋은 일을 겪는다. 그 안 좋은 일, 부정적인 일 때문에 심리적으로 힘들고 우울하고 지칠 수 있다. 이런 경우 우울감이 드는 것은 자연스러운 일이다. 건강한 사람도 우울하고 슬프다. 이럴 때는 부정적인 상황에서 벗어나면 된다. 현재의 상처와 스트레스가 원인이기 때문에 이를 회복시키면 된다. 그렇다면 현재에 딱히 문제가 없고 어려움이 없는 상황인데도 우울하다면? 이것이 두 번째 경우이다. 이때는 자존감의 부족, 과거의 상처가 문제가 되는 경우다. 나는 자존감의 부족과 과거의 상처가 문제가 된 케이스다. 심리 상담은 앞서 말한 첫 번째 두 번째를 해결하는 과정이다. 물론 심리 상담이 사랑하는 사람과의 이별, 대인관계, 직장, 금전적인 문제를 해결해주지 않는다. 이를 꼭 명심해야 한다. 이런 문제들을 극복해 나가는 힘을 기르는 것이 심리 상담이다. 지친 마음을 달래고 힘을 북돋아서 현재의 문제를 해결해 나가는 원동력을 얻는 것이다. 심리 상담은 자존감과 과거의 상처로 인해 삶을 부정적으로 인식하게 되는 경우에 탁월한 효과를 발휘한다. 과거의 사건 속에서 얻은 상처를 치유하고 잘못된 인식을 바로잡는데 심리 상담이 효과적이다.

먼저는 자신의 우울증이 어디에서 기인했느냐를 살펴볼 필요 있다. 심리적으로 문제가 있었는지 없었는지를 생각해보자. 그리고 현재에 일어나는 사건 때문에 힘든 것인지 그게 아닌지 한번 따져 보자.

02. 자기 자신을 찾아 떠나는 여행

자기 자신을 찾아가는 여행을 해야 한다. 나는 20대 전반을 나의 자아에 대해서 생각한다고 시간을 보냈다. 고등학교 때까지는 철학책을 많이 봤다가 20대 초반에는 내가 어떤 생각을 하는지, 내가 어떤 반응을 하는지에 집중했다. 나의 관심은 오로지 나의 내면이었다. 사회가 어떻게 돌아가는지는 그다지 관심이 없었다. 대학교 졸업, 취업, 돈 벌기 등은 내 관심사가 아니었다.

나는 풀리지 않는 문제, 답답함, 만족스럽지 못한 나의 행동이 있게되면 원인을 분석하고 있었다. 예를 들면, 기본적인 나의 성격, 갑작스럽게 외로움이 찾아오는 이유, 친구와 잘 놀고 왔음에도 우울한 이유,

내 마음속의 상처, 과거의 경험, 내가 두려워하는 것, 내가 하고 싶은 것 등에 대해 많이 탐구했다. 나는 사람들이 나와 같은 줄 알았다. 하지만 생각보다 내 또래의 친구들치고는 자신의 내면에 대해서 관찰하는 사람은 그다지 없었다. '좋아하는 게 뭐야?'라고 물어봐도 잘 모르겠다고 대답하기 일쑤였고. "지금 기분이 어때?" 이렇게 물어도 "잘 모르겠는데." "아무 생각 없는데." 이런 대답이 자주 돌아왔다. 나는 실망했다. 자신이 무슨 일에 대해서 일희일비하는지에 대해서 스스로 알지 못한다는 것은 참으로 안타까운 일이라고 생각한다. 물론 자신의 내면에만 몰두하는 일은 고립을 불러일으킨다. 그러나 내가 어떤 사고를 하는지, 나의 마음이 어떻게 작동하는지 모른다면 과연 타인과 사회를 제대로 이해할 수 있을까?

많은 사람들이 자신을 찾아 떠나는 여행에 대해서 소홀하다. 대한민국의 교육방식의 탓도 크다. 진로에 대해 고민해야 할 시기에 주입식 교육을 받고 주어진 답만 찾는 일을 하다 보니 자기 자신이 좋아하는 일이 무엇인지, 자신에게 맞는 일이 무엇인지 알아가기가 힘들다. 대학교에 와서는 대학교 공부, 토익, 취업 준비, 알바 등에 정신이 팔려 자신의 내면이 무슨 이야기를 하는지 들여다볼 틈이 없다. 그렇게 해서 가까스로 취업하고 회사에 앉아 있다 보면 문득 내가 왜 여기에 와있는지 그제야 의문이 들고 방황하며 자신이 하고 싶은 일이 무엇인지에 대해 생각하는 것이다. 현재 자신이 찾아간 길이 자신과 맞는 것이라면 다행이지만, 그런 사례는 드물다.

지금이라도 괜찮다. 심리적 발달은 계속해서 이루어지는 일이다. 발달 이론에 의하면 청소년기의 과업 중 하나로 '독립된 정체성'을 꼽는다. 자기 자신이 누구인지, 무엇을 좋아하는지 싫어하는지, 자신이 원하는 것은 무엇인지 등 타인과 구별되는 자신에 대한 이해가 필요하다

'나 자신'을 이해하는데 있어서 중요한 것은 욕구와 감정이다. 자기 자신은 욕구에 기 반한다. 마음의 상처는 욕구의 좌절이다. 욕구가 성취되느냐, 좌절되느냐에 따라서 나의 감정이 달라진다. 내 감정이 어디서 기인하는 것인지는 욕구를 따라가다 보면 알 수 있다. 그러니 자신이 원하는 것이 무엇인지, 현재 필요한 것은 무엇인지 등에 대해서 끊임없이 질문하고 답을 내리는 과정이 필요하다. 이는 내적 성찰을 통해서 이루어질 수 있다.

자신이 타인과 구별된다는 점을 인식하고 독립적으로 산다는 것은 어떻게 보면 외로운 일 아닌가 하는 의문이 들 수도 있다. 하지만 진정한 자기 이해는, 좋은 친구를 얻는 일과 같다. 자기 자신에 대한 이해야말로 알 수 없는 공허함에서 벗어날 수 있고 혼자가 아니라 '자신과 함께'라는 감각을 유지할 수가 있다.

하지만 사람들은 스스로에 대해서 고민하는 일을 귀찮아한다. 어떻게 질문하고 어떻게 답을 찾는지 잘 모르기 때문이다. 생각하는 연습이 되지 않은 탓이다. 그럼 자기 자신에 대해 이해하고 탐구하기 위한 요령은 무엇일까? 글을 써보는 것이다. 머릿속으로만 둥둥 떠다니는 생각들을 글로 적어보는 것이다. 멋들어진 문장으로 적지 않아도 된다. 단어의 나열도 괜찮다. 마인드맵을 활용해도 좋다. 내가 평소에 무엇을 좋아하는지 적어본다. 그리고 이것들을 아우를 수 있는 공통점이 무

엇인지 생각해본다. 그럼 내가 지향하는 방향이 어디인지 나온다. 예를 들면 나는 글을 쓰기 좋아하고 그림을 그리기 좋아한다. 무언가 스스로 직접 만들어 보는 것이 좋다. 이것의 공통점은 내가 '창작'한다는 점이었다. 나는 내가 스스로 무언가를 만들고 눈앞에 실현하는 일이 좋았다. 그것을 하면 감정적으로는 기쁨과 즐거움이 일어난다. 이런 식의 탐구는 내 인생의 방향성을 잡는 데 도움이 된다. 창작으로 돈을 버는 게 목적이 아니므로 수입을 위한 일은 다른 일을 해도 된다. 일과 병행하면서 창작을 꾸준히 해 내가는 방향으로 나아갈 수도 있다. 누군가는 개인적인 취미 생활보다는 가족과 친구들과 보내는 시간이 가장 행복할 수 있다. 그 사람의 가치관은 사람과 시간을 보내는 것이다. 영화 보기, 밥 먹기, 운동하기 등등은 타인과 교류하기 위한 수단이며 궁극적인 목적은 친밀감 형성일 수 있다. 그렇다면 이런 사람들은 주위 사람들을 돌보는데 시간과 물질을 쓰고 적절한 인간관계 형성을 위한 활동을 해나가면 된다. 물론 가치관이 충돌하는 때도 있다. 예를 들면 직장에서의 성공과 가정의 충실함 둘 다 원한다고 해보자. 직장 업무 때문에 가족에게 소홀해진다면 두 가지 목표를 함께 이루고 있다고 말하기는 어렵다. 이럴 때는 절충하거나 둘 중에 내가 더 원하는 가치를 선택하면 된다. 내가 원하는 것이 무엇인지, 내가 어떤 사람인지 파악을 하게 되면 의사결정을 하는 것도 수월해진다. 자기 자신과 소통이 잘 된다면 생활의 모든 다양한 면에서 정리되는 느낌을 받을 수가 있다. 모호한 상태는 공허, 혼란, 불안 등의 부정적인 감정을 낳게 되고 삶을 부정적으로 인식하게 되기까지 한다. 그러니 여러모로 자기 자신이 누구인지 알아가는 과정이 꼭 필요한 것이다.

03. 인지왜곡에 대한 자각

'저 사람이 왜 나를 쳐다보지? 내가 못생겼나?'와 같은 섣부른 판단. 또는 작은 실수를 했는데 '나는 구제불능이야. 이런 것도 틀리다니 나는 아무것도 못 할 거야.' 등의 자기 비하. 회사에서 작은 실수를 한 상황. 그에 대해서 최악의 결과를 상상하며 '나 잘리는 거 아닌가? 돈 못 벌고 길거리에 나앉는 거 아니냐?' 등의 파국화. 이러한 것들이 바로 인지 왜곡이다. 우울증에 걸린 사람은 이러한 인지 왜곡 증상을 보이곤 한다.

'인지적 왜곡'을 검색하면 10가지 이상의 다양한 종류가 있다. 대표적인 사례 몇 가지를 살펴보자. 인지왜곡의 대표적인 사례로는 이분법적 사고를 들 수가 있다. 자신이 한 일이 성공 혹은 실패. 최선과 최악 두 가지 경우만 있을 뿐이며 그 중간에 대한 것은 생각하지 않는다. 하지만 세상 일이란 게 그렇지 않다. 연속적이고 과정에 있으며 어떠한 가치평가를 하느냐에 따라 의미는 달라질 수 있다. 이런 식의 사고는 과정 속에 자신을 인정하지 않으며 완벽과 최선을 향하지 않는 자신의 상황을 부정적으로 바라보기 쉽다. '난 늘 완벽해야 해.', '나는 성공해야 해.'라는 생각에 시달려 자신을 늘 괴롭히게 되는 것이다.

두 번째로는 과잉일반화이다. 이는 단순히 몇 가지의 근거만을 가지고 성급하게 일반화를 하는 사고습관이다. 예를 들면, 화장품 가게에서 일하는 직원 한 명이 자신에게 불친절했다고 하자. 이런 경우 '화장품 가게 종사자들은 다 불친절해!'라고 일반화시키는 경우가 있다. 또 좋아하는 상대가 자신을 좋아하지 않을 때 '나는 사랑받지 못해.'라든가 '나는 사람들에게 매력이 없나봐.'라고 성급하게 판단 내리는 경우다.

세 번째로는 필터링이다. 여러 가지 정보 중에서 특정 정보를 제외하고 생각하는 습관이다. 특히 부정적인 생각을 많이 하는 사람들에게서 나타나는 태도이다. 국어, 영어, 수학 3과목 시험을 쳤다고 하자. 국어와 영어 점수는 100점인데, 수학 점수는 80점이다. 시험 점수에 대해서 불행함을 느낀 사람의 생각을 따라가 보자. 수학 점수가 낮은 것에 대해서만 생각하고 국어와 영어 과목에서 좋은 성적을 얻은 것에 대해서는 생각하지 않는다. 한 남자가 회사에서 자신의 기획에 대해서 긍정적인 의견과 부정적인 의견을 들었다. 집에 돌아간 남자는 머릿속에서 부정적인 이야기만 맴돈다.

네 번째는, 긍정격하가 있다. 긍정적인 경험은 아무 도움이 되지 않는다고 생각하면서 긍정적인 경험을 거부하는 것이다. 예를 들면 누군가가 나를 칭찬해줬을 때 '칭찬은 발전에 도움이 안 돼.'라든가. '이건 누구라도 할 수 있었던 일이야.'라고 생각하는 경향이다. 긍정적인 경험이 왔음에도 있는 그대로 받아들이지 못하는 현상이다.

다섯 번째로 예단이 있다. 일어나지 않은 일에 대해서 예측하는 것이다. 예측을 하려면 충분한 사실과 근거가 있어야 하는데 별다른 근거 없이 결론을 내리는 것이다. 보통 부정적인 결론을 많이 내려 자신을 괴롭게 한다. 다이어트를 할까 했지만 '나는 게으르니 실패할 거야.' 라던가. 어딘가 공모전에 도전할 수 있지만 '나는 어차피 상을 못 타는 걸.' 이라고 속단하는 것이 그 예이다.

마지막으로 개인화와 질책이 있다. 개인화는 자신과 상관이 없음에도 일어난 일이 자신 탓이라고 생각하는 것이다. 예를 들어 자신의 아이가 시험 점수를 낮게 받아 왔다면, 이는 부모인 자신이 아이를 제대로 교육하지 않은 탓만이라고 생각하는 것이다. 또 옆에 있는 친구에게 인사를 했더니 친구가 좋지 못한 표정으로 인사를 받았다고 하자. 그런 경우 자기가 뭔가 기분 나쁘게 한 게 아닐까 라는 생각을 하며 불안해한다. 그 친구는 기분이 나쁘지 않았던 것일 수도 있고 기분이 나쁘다고 한들, 집안일이나 여타 다른 일로 인해서 그런 걸 수도 있다. 자신이 뭔가 하지도 않았지만 괜스레 자기 탓인 것 같은 기분이 드는 경우가 '개인화'이다. 개인화와는 자신에게 원인을 돌리는 것이고 질책은 상대방에게 원인이 있다고 생각하는 경우다. 불행한 결혼 생활이 순전히 배우자의 탓이라고 생각한다든가. 자신이 불행한 이유는 자식들을 키우기 때문이다는 식으로 자기 책임을 면한다.

이런 식으로 각종 생각의 오류들이 있다. 이러한 인지왜곡의 특징은 내가 의도하지 않아도 '자동적'으로 왜곡된 생각을 한다는 것이다. 생각의 과정이 빠르게 지나가기 때문에 멈춰서 생각하기 어렵다. 그렇다 보니 자신이 무슨 생각을 했는지 의식하지 못하는 경우가 많다. 자신의 생각 때문에 기분이 나빠지기 시작했지만 무슨 생각을 했는지 파악하지 못하다보니 이유 없이 기분 나쁜 상태인 것처럼 보이는 것이다. 하지만 아무 이유 없이 기분 나쁘지 않다. 머릿속에 무수히 많은 생각들이 얽혀서 그런 생각들이 내 기분을 만드는 것이다.

이러한 인지적 오류를 바로잡기 위해서는 어떻게 해야 할까? 찰나의 사고 과정을 포착하려면 의식적으로 자신의 생각이 어떻게 흘러가는지 집중해야 한다. 또 오늘 하루 했던 생각들을 돌아볼 수 있는 과정이 필요하다. 그래서 나는 추천하는 방법은 자신의 생각을 '적어보는 것'이다. 하지만 기록한다고 해서 무엇이 문제인지 눈치채기는 힘들다. 가장 좋은 것은 자신이 어떤 생각을 했는지 기록하고 기억해두어서, 의사나 심리상담사와 계속 자신의 생각을 이야기하면서 상담사에게 생각 패턴을 수정받는 일이다. 예를 들어, '나는 인기가 없어서 결혼하지 못할 것 같다'고 상담사에게 말했더니, 상담사는 내가 모든 사람을 겪어봤느냐고 되물었다. 내가 여태껏 겪었던 상대는 10명이 채 되지 않으니, 만나보지 않은 사람들이 훨씬 많은 것이다. 나는 상담사의 말에 더 반박하지 못했다. 상담사와 생각 수정 작업을 거치다고 반복하다보면 스스로 자동으로 드는 생각에 반박하는 힘이 생긴다. 여기까지는 스스로 싸워야 하는 인고의 시간이다. 생각이 하루아침에 바뀌지는 않는다. 기존의 생각을 하던 습관이 굳어져 있어서, 새로운 생각으로 변하기까지는 오래 걸린다. 예를 들어, 아무리 내 탓이 아니라고 되뇌어보아도, 일어난 일이 내 탓인 것처럼 느껴진다. 우연히 눈을 마주친 사람들이 나를 본 게 아니라고 머릿속으로 중얼거려도 그 사람들의 눈이 나를 비난하는 것처럼 느껴진다. 하지만 계속하다 보면 분명히 바뀌게 된다. 자신의 생각을 관찰하고, 그것이 논리적인지 한번 따져 보자. 많은 생각들이 바뀌게 될 것이다.

04. 자기 대화 하기

우울증에 대한 원인은 복잡하다. 신체적으로 호르몬 분비가 제대로 되지 않는 게 원인일 수도 있고

극심한 스트레스에 시달려 우울한 사고습관이 형성돼서 일 수도 있다. 문제 상황이 해결됐는데도 아무 이유 없이 우울하고 무기력한 경우도 있다. 이런 경우는 현재 문제나 상처가 없지만, 지난날에 겪었던 경험때문에 고통에 시달리는 경우가 많다. 지난날의 겪었던 상처들은 어떻게 해야 할까?

"과거로 돌아갈 수도 없는 노릇이고, 그냥 묻어둘 수밖에 없지 않는가?"

아니다. 사람의 뇌는 시간을 제대로 인지하지 못한다고 한다. 그래서 과거를 상상하고 과거에 있었던 일을 재경험하면서 현재 일어나는 일이라고 착각하는 것이다. PTSD라고 하는 증상은 이래서 나타나는 것이다. 이를 역이용한다면? 과거를 떠올리며 과거의 상처를 치유하면 뇌는 치유 받았다고 인식한다. 시간은 흘러갈 수 있고 과거로 돌아갈 순 없지만 "우리의 의식은 과거를 재경험할 수 있다" 과거를 바꿀 수 있다는 뜻이다. 이를 바탕으로 자신의 상처를 스스로 치유하는 방법이 있다. 나는 이것을 '자기 대화'라고 부른다.

예를 들어, A 라는 친구와 싸웠고 A가 나에게 상처 주는 말을 했다고 하자. A와의 관계는 단절되었고 저는 이따금 A와의 일이 떠올라 괴롭다. 이제부터 해야할 일은 상황을 떠올리는 것이다. 이는 무척 어렵다. 내가 고통스러워 할수록 그때의 기억을 끄집어내기란 힘든 일이다. 하지만 차근차근 자신에게 괜찮다고 속삭이면서 과거를 떠올리자. 자, 이제 우리는 과거에 와 있다.

과거로 돌아간 상황에서 A에게 하고 싶은 말을 하자. 말로 해보셔도 좋고 적어도 좋다.

"A야 그때 네가 그렇게 말해서 섭섭했어."

그렇게 하고 싶은 말을 한 다음에, A에게 듣고 싶은 말을 떠올린다. 사실 나는 A랑 잘 지내고 싶었다. A가 그냥 싫은 게 아니다. A랑 잘 지내고 싶은 욕구가 좌절됨으로써 마음이 아픈 것이다. 이제 마음을 확인했으니 자기 자신에게 이야기 할 차례다.

"A야 사실은 난 너랑 잘 지내고 싶었어. 너랑 나랑은 잘 맞고 대화도 재밌었는데 말야."

자신의 욕구가 A와의 관계 유지라는 것이었다는 것을 깨달아주자. 그 다음 A가 자신에게 말을 거는 모습을 상상한다.

"내가 그때 그렇게 말해서 미안했어. 넌 좋은 친구야."

그런 말을 A에게서 들었다고 상상해본다. 마음이 어떤가? 편안해졌는가? 편안하지 않다면 다시 과거로 돌아가서 같은 과정을 반복한다. 힘들면 쉬었다가 나중에 다시 해봐도 좋다. 힘들다는 것은 아직도 그 기억이 자신을 괴롭히고 아프다는 소리다. 용기를 가지고 마주보면 좋겠지만 그것이 힘들다면 조금 쉬었다 해도 괜찮다.

자, 핵심 포인트는 이것이다. 내가 듣고 싶은 말이 무엇이었는지, 내가 진짜 원하는 것은 무엇인지 생각해보는 것이다. 그리고 그것이 이루어진 모습을 상상한다. 물론 과거가 정말 바뀌는 것은 아니다. 이것은 현실에서 일어나진 않았지만, 일어났다면, 어떤 마음이 들지 이해하는 과정이다.

05. 자기 대화 하기 2 - 내 인생의 한 장면

편안한 자세를 취한다. 눈을 감고 심호흡을 한다. 길게 들이 마시고, 길게 내쉰다. 이를 8회 이상 반복한다.

편안한 상태가 되면 이제 기억을 거슬러 올라가 본다. 어린 시절부터 초등학교 6학년 이전까지로 과거를 여행한다. 그중에서 가장 부정적이었던 사건을 떠올려 보자. 그 다음 종이에 그 사건을 나타내는 그림을 그려보자. 그 밑에 아래 내용을 적어 내려간다.

몇 살 때인가? : 6살 때

어떤 장면인가? : 아이들에게 놀림당하는 장면

그 때 어떤 감정이었는가? : 부끄러움

바라는 것은 무엇이었는가? : 아이들이 놀리지 않고, 나를 좋아해 줬으면 좋겠다

상대에게 하고 싶은 말을 써보자 : 놀리지 마!

상대에게 듣고 싶은 말을 써보자 : 미안해, 그냥 같이 놀려고 그랬는데 기분 나쁜 말을 했어.

이 일이 오늘날 나에게 끼친 영향은 무엇일까? 외모에 대한 자존감이 낮음.

잘못된 생각 반박하고 수정하기 : 아이들이 그렇게 놀린 것은 나빠. 사람 겉모습은 다 다양해. 네가 잘못한 게 아니야. 아이들이 철이 없어서 그런 거야. 스스로 못생겼다고 생각하지 않아도 돼. 너는 그 자체로 소중한 사람이야.

06. 자존감이란

자존감이란 복합적인 용어다. 흔히들 자존감이라는 용어에 대해서 자기 자신을 사랑하는 감각이라고 이해한다. 사랑이라는 표현을 좀 더 구체적으로 한다면 자기 자신을 보호하고 아끼고 소중히 여기는 태도라고 할 수 있겠다. 자존감은 자신의 능력에 대한 믿음, 자기가 하고 싶은 것을 할 수 있다는 느낌, 자신과 주변 환경에 대한 안전, 편안함을 느끼는 정도에 따라서 낮아지고 높아지고 할 수 있다. 자존감이 높은 상태의 사람은 혼자 있어도 누구와 있어도 마음을 평온한 상태로 유지할 수 있다. 하지만 자존감이 낮아지면, 자신과 주변이 안전하다는 인식이 떨어진다. 그래서 불안하다. 또한 그 힘들고 어려운 상황을 헤쳐 나갈 수 있다는 자신의 능력에 대한 믿음도 떨어진다. 그렇다면 어떤 상황에 놓여있어도 자신은 아무것도 할 수 없는 사람이라고 여기게 되고 쓸모없고 가치 없는 사람이라는 생각이 들게 된다. 자존감이 낮은 상태의 사람이 삶이 행복할 리가 없다. 자기 자신이 싫다고 느껴진다. 싫은 사람과 24시간 붙어 있어본 적이 있는가? 자존감이 낮은 상태는 내가 혐오하고 불신하는 사람과 24시간 365일을 붙어 있는 셈이다. 그런 삶은 행복하지 않다. 불안과 우울이 찾아오는 것은 당연한 순서다. 그래서 나는 자존감을 회복하는 일이 우울증 치료에 굉장히 중요한 요소라고 주장한다.

일단 용어에 대해서 알아보자. 자존감은 크게 세 가지로 구성되어 있다. 자기 효능감, 자기 조절감, 자기 안전감이다. 자기 효능감은 자신이 얼마나 쓸모 있는 사람인지 느끼는 정도를 뜻한다. 예를 들어 학업 성적이 좋아서 자신이 무슨 시험에서든 좋은 성과를 낼 수 있다는 느낌, 회사 업무에 대해 자신이 있는 느낌, 회사에 필요한 사람이 되어있다는 느낌을 말한다. 자기 조절감은 자신의 욕구를 실현할 수 있다고 느끼는 정도를 뜻한다. 쉬고 싶을 때 쉬고 무언가를 하고 싶을 때 할 수 있다고 느끼는 감각이다. 부모님이나 주위 환경에 억압을 받고 통제를 받아야 하는 상황에서는 자기 조절감이 낮을 수 있다. 자기 안전감은 지금 처해 있는 상황에 대해 안전하다고 느끼는 정도이다. 주위 관계는 충분히 안정적이고, 삶에 어떤 위협이 없다고 느낀다면 자기 안전감이 높다고 할 수 있겠다. 이렇게 자존감에 대해서 설명해보면 얼마나 자존감이 중요한 것인지 알 수 있다. 자존감은 정신 건강의 척도라고 볼 수 있다.

우울증이 있는 사람은 이 세 가지 측면의 자존감 영역이 모두 낮은 수준이다. 우울증을 겪는 많은 사람이 자기가 할 줄 없는 사람이라고 느끼고 쓸모없는 존재라고 자신을 비하한다. 할 줄 아는 것도 없는데 우울증까지 걸려 버리다니 하면서 자신을 더 자책한다. 그리고 자신이 원하는 것은 이루어질 수 없다고 생각하고 낙담한다. 눈앞에 부정적인 미래가 자동으로 그려진다. 그러한 것을 계속 보고 있는데 자신의 욕구가 이루어질 것이라고 기대할 수 없다. 그러니 계속해서 우울할 수밖에. 마지막으로 많은 사람이 불안을 겪고 있다. 오늘날 대한민국은 옛날 사람들보다는 의식주 문제에 위협을 느끼면서 살아가는 사람 수는 적어졌다. 하지만 앞으로 어떻게 살아 가야할지, 대학은 갈 수 있을지, 취업은 어디로 해야 하는 것인지, 취업하고 나면 이직은 어떻게 하고 노후대비는 어떻게 해야 할지 걱정이 태산이다. 하루하루가 안전하다고 느끼기보다는 불안하고 혼란스럽다. 이러한 사회에서 하루가 편안하다고 느끼기는 힘들 것이다.

우리가 우울에서 벗어나 행복한 정신 건강을 누리기 위해서는 반드시 자존감의 문제를 해결해야한다. 우리가 스스로 어떻게 삶을 인식하느냐, 자신에 대한 감각을 바꾸는 것이 우울증 해결의 중요한 열쇠인 것이다.

07. 긍정의 학습

무기력은 학습으로 인해 나타날 수 있다고 한다. 포솔트 강제 수영실험에서 무기력의 학습을 잘 보여준다. 포솔트 강제 수영실험은 실험용 쥐를 수조에 넣고 헤엄치게 한다. 쥐는 살기 위해 발버둥치며 열심히 헤엄치지만 빠져나올 수 없다. 아무리 해도 안된다는 것을 학습한 쥐는 더이상 헤엄치기를 멈춘다. 그런 쥐에게 항우울제를 투여하면 다시금 헤엄친다는 것이 실험내용이다.

이렇게 무기력은 학습된다. 아무리 열심히 해도 잘되지 않는다면 생각과 마음은 '어차피 해도 되지 않을걸.' 이렇게 된다. 그렇다 보니 열심히 할 의욕이 나지 않는 것이다. 그렇다고 절망할 필요는 없다. 심리학자들은 '긍정' 또한 학습될 수 있다고 주장한다. 무기력이 학습되듯이 긍정적인 경험을 계속하게 되면 긍정적인 사고방식으로 바뀔 수 있다는 것이 그들의 주장이다.

긍정을 학습하려면 어떻게 해야 할까? 우선 자신이 이룰 수 있는 쉬운 일부터 차근차근 해내면서 성취감을 맛보는 것부터 해야 한다. 침대에서 일어나 이불 정리하기, 방 청소하기, 산책하기, 책 1시간 읽기 등등 자신이 달성할 수 있을 것 같은 일들을 골라낸다. 그런 다음 그 일들을 차근차근 하나씩 달성해나가는 것이다. 달성해냈으면 스스로를 칭찬하라. 여기서 절대 '그런 쉬운 일은 누구나 할 수 있는 거야.'라든가. '어차피 내가 할 수 있는 일이었잖아?'라든지 긍정적인 경험을 얕게 평가하는 행동을 해서는 안 된다. 무언가를 하면서 성취감을 맛보는 일이 치료의 핵심이다. 어떻게 됐든 내가 할 수 있다는 것을 확인하는 게 제일 중요한 것이다.

정리하자면 이렇다.

1. 내가 할 수 있는 일 목록 만들기 (이불 정리하기, 방 청소하기, 산책하기, 독서하기)

2. 목록에 있는 일을 하나씩 해나가기

3. 완료한 것을 보고 스스로 칭찬하기

간단해보이지만 기분이 좋아지고 자신이 쓸모 있다고 생각하는 '자기 효능감'을 올리는데 탁월하다.

08. 적절하게 휴식하자

번아웃 증후군이라고 있다. 어떤 일에 몰두하고 열심히 일하던 사람이 갑자기 피로감을 호소하거나 스트레스 때문에 무기력해지는 경우를 말한다. 번아웃(burn out) 불타서 사라지다라는 뜻처럼 자신의 모든 정신적 육체적 에너지를 소진하고 무기력, 우울감을 겪는 일이다. 우울증과는 다른 증상이긴 하지만 보이는 증상은 비슷해 보인다. 또 잦은 번아웃은 우울증으로도 이어질 수 있으니 조심해야 한다.

번아웃을 막으려면 적절하게 휴식해야 한다. 살아가는 것은 장거리

마라톤과 같다. 단거리에서 성적을 낼 수 있는 일이라면 에너지를 최대한 써서 빠르게 완주하면 되겠지만, 인생은 길다. 걸어 가야할 길이 많은 것이다. A는 새벽 5시에 일어나서 아침 영어공부를 하고, 회사를 가서 아침 9시부터 오후 6시까지 일한다. 이직 준비를 하기 위해 퇴근 후에는 스터디 카페에 가서 공부한다. 건강을 챙기기 위해 운동까지 한다. 물론 열심히 사는 것은 좋지만, 점점 힘들다는 생각이 든다. 무엇을 위해 이렇게까지 열심히 하는지 의문까지 들게 된다. 무조건 열심히 하기보다는 여유를 가지고 휴식을 취하는 것도 삶의 전략이다.

그렇다면 어떻게 휴식하는 게 좋을까? 무조건 침대나 소파에 늘어져 잠을 자는 것이 올바른 휴식일까? 물론 육체적으로 고단한 활동을 했다면 신체적인 휴식이 필요하다. 하지만 그게 아니라면 단순히 늘어져 있는 것보다는 능동적인 활동을 하는 것이 좋다. 예를 들면 산책이나 운동, 취미 활동 등 재미있고 흥미가 가는 위주의 활동을 하자. 훌쩍 여행을 다녀오는 것도 좋다. 어떠한 방법이든 기분 전환을 하게 해준다면 좋다. 삶은 마라톤이다. 체력과 정신력 조절이 필수다. 자신의 현재 기분이 어떠한지, 지치지는 않은 건지 주의 깊게 살펴보고 적절한 휴식을 하자.

09. 회복 탄력성

심리학에는 '회복 탄력성'이라는 개념이 있다. 회복 탄력성이란 실패

나 부정적인 상황을 극복하고 원래의 안정된 심리적 상태를 되찾는 성질이나 능력을 뜻한다. 매일 행복한 일들이 일어났으면 좋겠지만, 현실은 그렇지 않다. 우리는 매 순간마다 크고 작은 도전들과 장애물을 마주치게 된다. 아기가 걸음마를 배우는 것부터 시작해서, 구구단을 외우고 중간고사 공부를 하며 아르바이트를 하며 취업을 하는 등 크고 작은 문제들을 해결해야한다. 우리는 이 과제들을 한 번에 해결할 수 있으면 좋겠지만 그런 사람은 드물다. 거듭 시도해보고 좌절을 겪고 시행착오를 겪으면서 잘 걸을 수 있게 되고 구구단을 암기 하게 되며 프로젝트에 성공할 수 있는 것이다. 이렇게 좌절을 겪더라도 다시 일어서서 시도할 수 있는 원동력은 회복 탄력성에서 나온다. 회복 탄력성은 타인으로부터 애정을 받은 경험이 크게 좌우한다고 심리학자들은 설명한다. 실패했더라도 부모나 가족, 친구들의 지지와 응원을 얻는다면 다시금 일어서서 시도해볼 수 있다는 것이다. 애정을 받은 기억이 원동력이 되어 삶을 살아가는데 큰 에너지가 될 수 있다고 이야기한다. 하지만 꼭 회복 탄력성이 타인에게서 얻을 필요는 없다. 주위에 사람이 없을 수도 있고 적절한 애정을 받지 못할 수도 있다. 그런 사람들이라고 해서 걱정할 필요는 없다. 회복 탄력성은 가치관이나 사회적 역할에서도 찾을 수 있기 때문이다. 핵심은 '나에게 긍정적인 에너지를 주는 것', '다시 일어설 수 있도록 도와주는 것'이 회복 탄력성의 근원이다.

우울한 사람들은 우울하지 않은 경험을 하는 게 중요하기보다는 이러한 회복 탄력성을 키우는데 노력을 해야한다. 회복 탄력성은 몸의 근육과 같다. 근육을 계속해서 쓰다 보면 탄탄해지고 건강해지다가도 쓰지 않게 되면 퇴화해버리듯, 회복 탄력성도 컸다가 줄어들었다가를 할 수 있다. 우리는 지속적으로 마음을 관리하면서 이러한 회복 탄력성을 키우는데 집중해야한다.

회복 탄력성을 기르는데 중요한 것은 의식적인 연습이다. 근육을 기르는 과정은 근섬유를 찢고 아무는 과정을 반복하는 것이다. 맷집을 기르려면 많이 맞아봐야 한다고 하는 것처럼, 정신이 단단해지려면 많은 과정을 겪어야 한다. 하지만 그냥 얻어맞으면 안된다. 의식적인 노력이 있어야 한다. 예를 들면 공부하는 과정을 들어 설명해보자. 개념을 익히고, 자신이 습득한 개념이 맞는지 문제를 통해서 확인한다. 문제가 틀렸다면 좌절을 하기보다는 왜 틀렸는지 분석해야 한다. 풀이 과정을 보면서 자신의 풀이 과정과 비교하고 무엇이 다른지 찾아낸다. 그 찾아낸 것을 수정하고 그다음 다시 시도해보는 것이다. 이렇게 반복을 하면 어느새 오류들이 수정되어 있고 원하는 목표를 달성할 수 있다.

10. 자기 받아들이기

우울증에 걸린 많은 사람이 자기 자신을 비하한다. 과거의 잘못에 대해서 자신의 탓을 하고, 현재의 아픈 자신을 나약한 사람이라고 몰아간다. 그리고 미래에 자신은 아무것도 하지 못할 것이라고 불행을 예측한다. 많은 사람이 우울증에 걸린 사실을 받아들이기 힘들어하고, 자신이 부족하고 못났다는 느낌을 받는다. 하지만 당신 잘못이 아니다. 자책하고 자신을 비하하는 것도 우울증의 한 증상이다. 이것은 오로지 병 때문이라는 생각을 해야 한다.

우울증에서 낫기 위해서는 가장 먼저 자신이 어떤 상태인지, 지금 상황이 어떠한지를 있는 그대로 받아들이고 이해해야 한다. 하지만 자신을 이해해야 한다는 말을 들으면 이런 생각이 드는 사람도 있을 것이다. "그렇게까지 나약하다고? 인정할 수 없어!" 혹은 "나는 이해받는 것도 사치야, 나 같은 애를 이해하는 일 따윈 있을 수 없어." 이런 마음이 들지도 모른다. 하지만 이러한 생각은 내 삶을 더 끔찍하게 만드는 지름길이다. 치료의 첫걸음은 자기 자신을 이해해주고 배려해주는 것이다. '얼마나 힘들었으면 그랬을까?'라는 자세로 자신을 다독여주어야 한다.

자기 자신을 받아들이는 과정은 자기 자신과 적대적인 관계에 있지 않고자 하는 것이다. 대부분 자신을 싫어하고 자신의 모습을 인정하지 않으려는 사람들은 자신의 가치를 부정한다. 이런 일이 반복되면 나는 늘 사랑받지 못하고 인정받지 못한다는 느낌을 받게 된다. 실제로 나와 가장 친한 친구가 나를 싫어하고 나를 폄하하고 이해하지 못하는 셈이니 그런 느낌이 드는 것은 당연하다. 나 자신을 받아들여야 한다. 나 자신을 받아들이라는 말에서 거부감이 느껴진다면, 이렇게 생각해야 한다. '아, 나는 나를 받아들여야 한다는 말에 대해 거부감을 느끼고 있구나.' 현재 상태에 대한 객관적인 이해가 치료의 첫걸음이다. 내가 나를 부정한다는 사실을 인지하고 나면, 내가 불쌍해지기도 하고 너무 심했다는 생각이 들기도 한다. 내가 나를 사랑하지 못하는구나를 인식할 수 있다.

　과도한 수면, 무분별한 폭식과 폭음, 절제되지 못한 생활 등 자신이 부정적으로 생각하고 있는 자신의 습관들을 그대로 유지하라는 말이 아니다. "내가 이런 습관을 지니고 있구나, 얼마나 힘들었으면 그렇게 까지 했을까"정도로 생각해주라는 것이다.

　이제 하나씩 자기 자신에 대해서 받아들여보자.

　1. 나의 몸에 대해서 받아들이기 - 신체적인 외형(큰 키, 작은 키, 비만, 마름 등) **신체적 욕구**(잠이 오는 것, 배고픔 등)

　2. 나의 감정에 대해서 받아들이기 - 나는 지금 슬프구나, 나는 지금 화가 나있구나, 나는 지금 외롭구나

　3. 나의 행동 받아들이기 - 나는 지금 놀고 있구나, 내가 이런 친구에게 화를 냈구나, 내가 공부를 했구나

　4. 나의 장점과 단점 받아들이기 - 나는 키가 크다. 나는 공부를 잘한다. 나는 운동을 잘한다. 나는 공부를 잘못한다. 나는 요리를 잘못한다.

　여기서 중요한 것은 이러한 나의 관련된 모든 요소들은 잘잘못이 없다는 것이다. 정답과 오답이 있는 게 아니다. 다 그럴 수 있지 라고 생각하는 것이 나를 받아들이는 과정이다.

11. 흐름에 맡겨라

무언가를 열심히 해도 결과가 나오지 않아 짜증이 나 있는 나를 보고 누군가가 말했다.

"힘을 빼고, 물의 흐름에 몸을 맡겨 보는 건 어때?"

난 그 말이 무슨 뜻인지 이해하지 못했다. 물의 흐름이라는 것은 무엇이고, 그것에 몸을 맡긴다는 것은 또 무엇일까?

나는 어릴 때부터 어떤 일이든지 내 마음대로 흘러가기를 바랐다. 물론 자기 뜻대로 되지 않는 걸 즐거워하는 사람은 없을 것이다. 하지만 난 유독 내 뜻대로 내 예상대로 되지 않는 일이 있으면 힘들어하고 분노했다.

"세상 일이 뭐 내 마음대로 되니?"

라는 말이 무책임하다고 들렸다. 어떻게든 내가 상황을 통제해야 했다. 내 뜻대로 흘러가지 않는 것은 다 나의 탓이라고 생각했다. 시험 점수가 만족스럽지 못한 상황은 내가 공부를 잘못해서. 친한 친구가 없는 이유는 내가 못나서. 경제적인 형편이 어려운 것도 내가 어떻게 해결할 수 있을 거라 생각했다. 하지만 30대가 된 지금에서야 인생이 내 뜻대로 흘러가지 않는다는 것을 배웠다. 인생에 대해서, 여러 가지 난관과 문제 앞에서 가져야 할 태도는 '내가 할 수 있는 노력은 최선을 다하되, 결과는 하늘에 맡길 것'이다.

내 마음대로 되지 않는 것 중에 가장 대표적인 것이 인간관계이다. 내가 저 사람과 친해지고 싶다고 해서 친해지려고 노력한다고 한들, 그 사람이 마음 문을 열지 않는다면 소용없는 짓이다. 나는 상대방과 좋은 관계를 유지하고 싶은데 상대방은 그런 생각이 없을 수도 있다. 상대방의 마음은 내가 어떻게 할 수 있는 영역이 아니다. 이 세상의 날씨를 내 마음대로 바꾸지 못하는 것처럼 내가 할 수 없는 일이라는 게 있다.

이럴 때는 세상의 흐름에 내 몸을 맡겨야 한다. 세상이 흘러 가는대로, 일이 흘러가는 대로. 결과가 나오는 대로 거기에 순응하는 태도가 필요하다. 고층 건물은 태풍에 대비해 어느 정도 바람에 흔들릴 수 있도록 디자인한다고 들었다. 오히려 빳빳하게 서 있으면 부러질 수 있다는 것이다. 바람 흐름에 맞추어 유연하게 흔들리는 편이 안전하다고 들었다. 사람 인생도 그런 것 같다. 불어오는 풍파에 내 몸을 맡기고 흐르는 대로 흘러가는 태도가 필요하다. 거센 흐름에 딱 버티고 서 있고 순응하기를 거부한다면 결국 부러지는 것은 나였다. 내가 거듭해서 불행함을 느끼는 이유는 그렇게 바락바락 버티고 서 있었기 때문이라는 생각이 들었다.

비슷한 맥락에서도 도망가야할 순간에는 도망 가야 한다. 버티고 서 있는 게 능사는 아니다. 회사가 너무 싫은 상황을 생각해보자. 밀어닥치는 업무들, 나를 괴롭히는 직장 상사와 동료들. 회사 갈 때마다 숨이 턱턱 막히고 회사 갈 생각에 우울해진다고 한다면, 그 회사를 계속 다니는 게 능사가 아니다. 옛날에는 참는 게 미덕이었다. 한 자리에 꿋꿋이 버티고 서 있으면 어느 날에는 빛을 볼 거라 여겼다. 하지만 요즘은 그랬다간 마음의 병만 얻을 뿐이다. 아니다 싶을 때는 물러나는 것도 방법이다.

무언가가 잘 이루어지지 않을 때는 답답해하고, 분노하기보다는 안되는 상황을 받아들이자. 안되면 포기하라는 말이 아니다. 일단 지금은 안 된다는 것을 인정하고 내가 할 수 있는 선에서 다른 방법을 찾으면 된다. 세상에는 내가 어떻게 할 수 없는 거대한 흐름이라는 게 존재한다. 서핑을 하듯, 파도가 올 때 그것에 올라탈 수 있고 중심을 잘 잡아가는 과정이 삶이라고 생각한다. 바다 한가운데 우뚝 서서 온갖 파도를 맞는 것은 지혜로운 방법이 아닌 것 같다. 파도에 정면으로 맞서면 바다를 장악하는 것이 아니라 파도에 깎여나갈 뿐이다. 깎여서 사라지는 쪽은 나다.

12. 불안, 나의 그림자

외로움, 우울함, 공허함 그 다음에 찾아오는 것은 불안함이었다. 불안은 어느 정도 내가 기력이 있을 때 찾아왔다. 무기력하던 것을 벗어나 삶에 대한 애정을 가지고 다시 열심히 하려고 할 때마다 찾아와서 날 괴롭혀댔다. "이렇게 공부하는 게 맞을까?" "나는 취업할 수 있을까?" "이 길이 아니면 어떡하지?" "나는 잘할 수 있을까. 재능이 없는 게 아닐까." 그런 생각들이 스치고 지나가면 이윽고 하던 것에 집중할 수 없고 불안해지기 시작했다. 특히나 이런 불안들은 내가 내 꿈이라고 생각하던 일을 할 때도 어김없이 나타났다. 대학교에서 했던 시나리오 수업에 흥미가 생기기 시작했을 때에도, 나에게 맞는 일이라는 생각에도 불안은 그림자처럼 따라와 나에게 속삭였다. "이 일이 정말 네가 할 수 있는 것 맞아?" 그런 의문이 계속 들었다. 글을 쓰면서도 그런 두려움과 불안으로 손을 놓기 일쑤였다.

고등학교 때부터 시작된 불안은 무엇을 하든 나를 방해했다. 고등학교에서 시작된 불안은 시험 불안이었다. 공부해도 잘 칠 수 있을 거란 생각이 들지 않았다. 하지만 불안하자 집중은 더 되지 않았다. 책상 스탠드 불을 켜놓고 꾸벅꾸벅 졸기 일쑤였다. 제대로 잘 수 없게 하려고, 나중에 일어나서 조금이라도 공부해야지 하는 마음으로 스탠드 불을 켜놓았다. 내 방은 밤새도록 환했다. 전등은 꺼질 줄 몰랐다. 하지만 그렇다고 나는 공부에 집중하지는 않았다. 대학교 이후로는 책상에 앉아 있기가 힘들었다. 잘 읽던 책도 눈에 들어오지 않았다. 머릿속에서는 과연 내가 할 수 있을까 이런 의문만이 맴돌았다.

인간의 감정은 무의미한 것이 없다. 살면서 나오는 자연스러운 반응이다. 불안도 쓸모없는 감정은 아니다. 진화론적인 관점에서 적절한 불안은 필요한 것이다. 위협으로부터 자신을 보호하는 수단이다. 자연에서 맹수를 만났을 때 '불안'이라는 감정이 들어야 도망칠 수 있다. 하지만 현대 대한민국에서는 맹수의 위협도 없고 삼시세끼 먹을 걱정을 하는 사람도 드물다. 그렇지만 여전히 우리는 불안에 떨고 있다. 일어나지 않을 일. 아직은 닥치지 않은 일에 대한 부정적인 상상이 만들어낸 결과이다. 그리고 이런 불안이 불면증과 스트레스 등을 만들어 내 문제를 일으키고는 한다. 우리는 의식적으로 일어난 이러한 과도한 불안을 잠재울 필요가 있다.

오늘 하루 불안하다면, 나를 불안하게 만드는 것들을 적어보자. 그리고 그 불안한 것들을 보면서 이 일이 곧 닥칠 일인지, 일어날 일이라면 언제 일어 날인지 생각해보자. 그리고 일어날 확률도 적어보자. 그리고 그 근거도 적어보자. 대부분의 일들이 근거가 없다. 일어날 확률도 생각보다 낮다. 그리고 정말 일어날 법한 일이라면 그에 대한 대비책을 적어보자. 스스로도 대비책을 마련하지 못한다면 주위에 도움을 받아보자. 주위 사람들이 조언을 줄 수 없는 상황이면 그 누구도 해결하기 어려운 문제인 것이 대부분이고, 이런 일들 대부분은 상황을 지켜보고 있어야 할 확률이 높다. 우리는 둥둥 떠다니는 알 수 없는 불안들을 잡아서, 그 모습을 직접 마주 해야 한다. 그리고 별일이 아니라는 것을 인식하기, 대비책 마련하기 등으로 해결할 수 있다. 이렇게 불안을 잠재우고 다스려야 한다. 그리고 내가 할 수 없는 일의 부분에 대해서는 과감하게 포기하고 어떻게 될지 지켜보자.

13. 인간관계

우울증이 있는 사람에게 있어서 인간관계란, 한 다리로 마라톤을 하는 것과 같다고 생각한다. 그만큼 불편하고 어렵다는 뜻이다. 사람은 사회적인 동물이라 우울증이 있는 사람도 사회적 욕구를 지닌다. 누군가와 친해지고 싶고 친밀한 관계를 유지하고 싶다는 말이다. 물론 그런 마음이 안들 때도 있다. 모든 것이 다 의미가 없게 느껴지고 친구와 함께 있는 시간이 지루하게 느껴질 수도 있다. 우울증이 있을 때는 인간관계를 섣불리 끊지도 만들지도 말라고 조언해주고 싶다. 너무 의지하지도 말고 그렇다고 너무 멀어지지도 말라는 뜻이다.

인간관계는 양날의 검이다. 타인으로부터 얻는 긍정적인 에너지도 있지만 부정적인 에너지도 있다. 인간관계는 저절로 이루어지는 것이 아니다. 내가 노력하고 힘을 들여야 하는 것이다. 게다가 내가 아무리 노력해봤자 내가 원하는 결과가 나오지 않을 수도 있다. 그런 것을 감안할 마음의 여유가 있어야 비로소 상처 받지 않는 인간관계를 만들 수가 있다.

우울증이 있는 상태에서 인간관계를 유지하기란 많은 노력이 필요하다. 주말에 약속을 잡았는데, 무기력해서 안 나가고 싶은 마음이 들 수도 있다. 약속을 어기고, 미루고 상대에게 소홀해질 수 있다. 그리고 사람을 만나서 나의 무기력함과 우울함에 대해서 계속해서 호소를 할 수도 있다. 이러다보면 들어주는 상대방도 지치고 나에 대해서 부정적인 이미지를 갖게 된다. 부정적인 필터링을 끼고 세상을 바라보다 보니 우울증이 없었을 때는 가볍게 생각하고 넘길 일들을 예민하게 반응할 수도 있다. 지난날에 받았던 상처 때문에 피해의식으로 부정적인 생각으로 인해 상대방과의 관계가 지속되기 어려워지곤 한다.

하지만 주위 사람들과의 관계에서 힘을 얻고 에너지를 얻을 수도 있다. 같이 놀러 가거나 재밌는 일을 함으로써 활력을 북돋을 수 있다. 한편 누군가가 나를 지지해주고 응원하고 있음을 깨달으면서 힘을 낼 수도 있다. 이렇듯 인간관계는 우울증에 도움이 되기도 하고 되지 못하기도 한다. 그래서 섣불리 타인에게 의지하려 하거나, 혹은 타인과의 관계를 단절하려거나 하지 말라고 말하는 것이다.

밀려오는 외로움이나 우울감을 내가 스스로 해결하지 못할 것 같은 기분이 들 때가 있다. 그럴 때 타인에게 도움을 요청하곤 한다. 지금 자신의 상태를 해결할 수 있는 유일한 방법은 타인과 함께 있는 것으로 생각하기도 한다. 하지만 나는 자신의 우울감 해소를 위해 타인을 의지하는 것은 그다지 효과적인 방법은 아니라고 생각한다. 타인의 응원이 나에게 도움이 될 수는 있지만, 치료에 꼭 필수적인 것은 아니라고 생각한다. 주변에 사람이 없다고 해서 좌절할 필요가 없다는 말이다. 스스로도 나을 수 있다.

한편 의사나 심리상담사처럼 훈련을 받고 어떻게 말하면 좋을지에 대해 연구를 한 사람들인데 일반 사람들은 그런 방법을 잘 모른다. 그러다 보니 조언이랍시고 도리어 상처 되는 말을 할 수가 있다. 일반 사람들이 나쁜 게 아니다. 그 사람들은 정말 우울증이 가져오는 우울함 크기가 어떤지 알지 못할 뿐이다. 그런 사람들에게 내 마음의 짐을 옮기려고 한다는 건 가혹한 일일 수 있다. 힘든 감정에 대해 호소하고 싶다면 전문가를 찾아가자. 그리고 주위 사람들과는 평소처럼 유지하려고 노력하되, 너무 애쓰지는 말자.

14. 관성의 법칙

관성의 법칙은 있는 그대로 있으려는 성질이다. 나는 이것이 사람 마음에도 적용된다고 생각한다. 우울증이 나았으면 하지만, 마음 한구석에는 낫길 거부하는 마음이 있다. 왜 그런 걸까.

우울증이 낫게 되면 내가 열심히 살아야 하는 것이 예상되기 때문이다. 그동안 사회생활에 적극적으로 뛰어들지 않고 무기력하게 집에서 보내오던 것들을 정당화시켜줄 구실이 없는 것이다.

나는 우울증이 어느 정도 나아질 무렵, 저항을 겪었다. 점점 나아지면서, 그동안 내가 잊고 있었던 것들, 충실했어야 하는 일들이 보이기 시작하자 머리가 아파졌다. 내가 돌보고 신경 써야 할 일들에서 손을 뗀지 오 됐고 그 덕분에 엉망이 되어버렸다. 어지럽혀진 것을 정리하고 새로운 것을 만들려면 몇 배는 더 노력해야 한다. 일단 어지러운 것부터 정리 해야한다. 정리를 다 한 후에야 비로소 0에서 시작할 수 있다. 대체 어느 세월에 정리를 다 하고 새로 쌓을 수 있을지 막막했다. 그래서 우울증에 벗어나기가 한편으로는 두려웠다. 더이상 핑계될 게 없기 때문이다.

나와 같은 두려움에 있는 사람이 있다면, 두려움을 딛고 한 발짝 나아간 사람으로서 말한다. 괜찮다. 어려워 보이고, 부딪힐 현실이 아플 것 같지만, 막상 부딪혀보면 우울증만큼 어렵지 않다. 당신은 극심한 우울증을 겪으면서도 살아왔고 버텨왔다. 그런 정신력이 있는 사람이라면 충분히 세상을 헤쳐 나갈 수 있다. 우울증으로 단련된 당신의 정신력은 생각보다 강하다.

15. 차근차근

　우울증을 치료하기 위해 이 책을 읽은 사람이라면 이렇게 생각하는 사람도 있을 것이다. "빨리 낫고 싶어.", "책에서 말한 것대로 했는데 왜 안 변하지?"처럼 말이다. 사람의 생각과 마음은 순식간에 변하지 않는다. 무수히 많은 시행착오를 거쳐야 한다.

　시행착오에 대해서 '실패'라고 생각하지 말아야 한다. 이는 단순히 부정적인 시각이냐 긍정적인 시각이냐의 문제가 아니다. 시행착오에 대한 잘못된 이해에서 온 것이다. 어떤 일을 시도하고 성공의 결과가 얻어지는 과정은 '시도'해보고 잘 안된다면 방법을 '수정'하는 것의 반복이다. 걸음마를 하는 과정과 같다. 그냥 넘어지는 것이 실패하는 것처럼 보이지만 넘어지면서 근육을 단련하고 어떻게 힘을 주어야 걸을 수 있는지 체득하는 것이다. 성공이라는 것에는 지름길이 없다. 어쩌다가 우연히 방법 A를 했는데 그게 정답일 수도 있다. 방법 A가 틀렸다면 방법 B로 수정해보면 된다. 그런 다음 시도해보고. 이것도 아니라면 방법 C를 해보는 것이다. 이게 무언가를 이루는 메커니즘이다. 정말 백지상태에서 무언가를 시도해보는 일은 실패를 할 수밖에 없는 것인데 우리는 이 실패에 대해 많이 두려워하고 싫어한다. 실패의 숫자가 쌓이는 것을 나의 부족함의 숫자라고 생각하는 것 같다. 나에게 능력이 없고 재능이 없다는 말의 증명이라고 생각한다. 많은 사람이 재능을 이야기하며, 노력하는 것을 피하려고 한다. 내 생각에 재능이라는 것은 굉장히 드문 일이라고 생각한다. 그리고 나에게 재능이 없다고 한들, 없는 대로 살아 가야한다.

우울증의 치료는 선택이 아니다. 물론 시간이 오래 걸리기는 하지만 미뤄야할 문제가 아니다. 우리는 어떻게 해서든 이 우울증을 치료하고 회복하여 건강한 삶을 살아야한다. 그렇다 보니 재능이 있고 없고를 논할 문제가 아닌 것이다. 많이 실패를 하더라도 반드시 이루어야하는 것이다. 그러니 길게 봐야한다. 단기간에 우울증이 치료 된다면 더할 나위 없지만 만성적인 우울증의 경우에는 치료하는 데 몇 년이 걸릴 수도 있다.

병원도 가고 심리상담도 받는데 우울증이 낫지 않는다면 맥이 풀릴지도 모른다. 약도 먹고 있고 할 수 있는 방법은 다 했는데 자신이 안 되는 것을 보자 나는 우울한 사람인 게 아닐까 하는 생각도 든다. 나는 이렇게 우울한 채로 살아야 하는 것인가라는 생각이 들어서 더욱더 우울해진다. 우울증이 없어서도 살아가기 힘든 세상인데, 우울증까지 얻어서 힘들게 살아가는 자신을 보니 암울해진다. 게다가 가족들도 지쳐한다. 매일 같이 침대에 누워 무기력하게 있는 자신의 모습을 보고 가족들이 한숨을 쉬고 "너 때문에 못살겠다"라는 말을 하기도 한다. 그런 상황이 다 비관적으로 느껴진다. 가족들에게 미안한 마음과 죄책감도 든다. 이럴 때에도 우리는 나아질 수 있음을 명심해야 하고, 천천히 나아지고 있다는 것을 믿어야 한다. 다른 병들은 외부적으로 티가 나서 내가 나아지고 있는지 확인할 수 있지만, 마음의 병은 티가 잘 안 난다. 그리고 나아졌다가 아니었다가를 반복한다. 그러다가 어느 순간에 부정적인 생각은 사라지고 언제 그랬냐는 듯 낫게 된다. 차도가 없어 보인다고 너무 애타지 말자. 계속해서 하다 보면 나아질 수 있다.

16. 자기 자신의 부모가 되어라

어렸을 적에는 부모의 도움을 받아 자란다. 배가 고프면 부모가 밥을 주고, 몸이 아프면 부모가 알아차려서 병원에 데리고 간다. 기분이 나빠서 칭얼거리면 부모가 기분을 달래주기도 한다. 나의 먹는 것, 입는 것, 자는 것, 그리고 감정까지도 부모가 도와준다. 하지만 이랬던 우리는 점차 부모에게서 떨어져 나가 스스로 먹고 입고 자고 한다. 생각과 감정은 오로지 자신의 것이 되고 자신이 조절하게 된다. 성인이 울어도 부모가 와서 달래주는 일은 거의 없는 것처럼 말이다. 이렇게 자라난 우리는 경제적으로 정신적으로 독립하게 된다.

감정을 다루고 마음을 다스리는 일 또한 이렇게 독립해나갈 줄 알아야 한다. 우리는 어렸을 적에 감정을 다루는 방법을 배웠다. 배운 기억이 없다고? 물론 학교에서 1+1=2 이런 식으로 배운 적은 없다. 교과목에 '감정 다루기' 이런 교과목도 없었다. 그럼 대체 언제 배운 걸까? 예를 들어, 아이가 넘어졌다고 하자. 아이는 무릎의 상처가 따끔거려 울기 시작한다. 그것을 본 부모가 아이에게 달려와 달래주기 시작한다.

그럴 때 부모가 뭐라고 하는가.

"괜찮아. 괜찮아."

이렇게 달래준다. 물론 내가 안 괜찮은데 부모가 괜찮아라고 말하는 게 무슨 소용이 있는가. 괜찮아라고 말해서 무릎의 상처가 낫는 것은 아니다. 부모가 하는 일은 그 감정을 조절하는 일이다. "많이 아팠지? 많이 놀랐지?" 이런 식으로 아이의 감정을 부모가 이해해준다. 감정을 인식하게 되고 이윽고 "괜찮아."라는 말을 들음으로써 자신의 감정을 정리하는 것이다. 이러한 과정을 통해 우리는 자신의 감정을 다루는 방법을 내면화한다. 하지만 부모가 무심하거나 이런 것들이 잘 안 되었을 경우에 성인이 돼서도 자신의 감정을 다루는 걸 어려워하는 사람들이 있다. 다 큰 성인이 엉엉 울면서 부모님을 찾아갈 수는 없는 노릇이다. 그럼 어떻게 해야 하는 걸까? 간단하다. 스스로가 지신의 부모가 되어 주는 것이다.

사람의 자아는 어린 자아와 부모 자아가 있다고 한다. 어린 자아는 아직 성숙하지 못한 자아이다. 부모 자아는 우리가 여러 가지 학습을 통해 자라난 자아이다. 우리의 내면 안에는 이러한 자아들이 공존하고 있다. 어린 자아는 특히 상처를 받았을 때 상처받은 시점에서 머물러 있는 경우가 많다. 그럴 때 스스로 대화하면서 자신의 어린 자아를 꺼내어 보듬어주는 일이 필요하다.

두려움과 불안이 몰려 올 때 "괜찮아."라고 스스로 말해주자. 그리고 여러 가지 감정이 들 때 스스로에게 자상하게 물어보아라. "오늘 기분이 어땠어?" 그리고 스스로 답해 보자. "오늘은 기분이 나빴어." 자기 자신을 자식이라고 상상하고 얘기를 들어보자. 자신의 자식이 오늘 하루 기분이 안 좋았다는 데 걱정이 되지 않는 부모가 있을까. 나에게 물어보자. "왜 기분이 안 좋았어?". "누구랑 싸웠어." 이때 나를 탓해서는 안 된다. "네 잘못이야!"이렇게 말하지 말고 "많이 속상했겠구나. 무슨 일인데?" 라고 자초지종 물어보자. 그러면 내 마음이 누그러지고, 어떤 일 때문에 싸웠는지 이성적으로 생각하게 된다. 감정은 사라지고 누구의 잘못인지 생각해본 다음에, 어떻게 행동을 취할지가 나온다. 내가 잘못했다면 내가 사과를 하는 것이고, 상대방이 잘못한 거라면 대화를 통해서 나의 기분을 전달해보는 방법을 시도해볼 수 있다. 감정을 누그러뜨리고, 이성적으로 생각한 다음 행동하는 방식이다. 하지만 감정을 여기서 다뤄주지 않으면 이성적인 생각으로 넘어가기가 힘들다. 이 모든 과정을 머릿속으로 하기에는 한계가 있으니 글로 써보기를 추천한다.

17. 삶의 목적

우울증을 앓는 동안 나는 삶에 대한 무의미함을 많이 느꼈다. 미래를 위해 공부하는 것도 무의미해 보였고 돈을 쓰는 일도 친구를 만나는 일도 재미를 못 느꼈다. 음식을 먹어봤자 이게 다 살로 갈 생각을 하니 입맛이 떨어졌다. 하루가 지나가고 내일이 오는 것이 무슨 의미인가 싶었다. 하루하루가 연장될 때마다 형벌의 기간이 늘어나는 느낌이었다. 그래서 나는 삶의 목적에 대해서 계속 질문했다. 이렇게까지 힘든데 살아 있어야 하는 이유가 무엇인가.

우울증이 낫고 나니까 드는 생각은 이렇다. 삶에는 의미가 없다. 살아 있는 것이 목적이다. 생존이 목적이다. 삶과 생은 수단이 될 수 없다. 살아 있는 것 자체가 가장 고귀한 목적인 것이다. 삶을 해치면서까지 누군가에게 사랑받고자 할 필요도 없고, 삶을 해치면서까지 돈을 벌 필요도 없다. 현재에 살아 숨 쉬고 있는 것을 즐겨야 한다. 현재의 시간을 미래를 위해 투자하고 희생한다고 생각해서는 안 된다. 미래의 무언가가 되기 위해 무언가를 이루기 위해 현재에 집중해서 열심히 하는 행동 자체는 잘못된 게 아니다. 그런데 지금 불행함을 느끼면서도 미래에 올 행복을 기대하면서 하루하루를 억지로 참아내는 행동은 하지 말라고 당부하고 싶다. 제일 1순위는 살아있는 것이다. 그것이 어떠한 형태든 간에 말이다.

7. 마무리하며

이제는 안 우울합니다만

나는 더는 누군가에게 애정을 갈구하지도 않으며, 일어나지 않을 일에 대하여 불안해하는 일도 줄었다. 누군가가 나를 쳐다본다고 해서 예전처럼 '내가 못생겨서 쳐다보는 건가?'라는 근거 없는 생각은 더 하지 않게 됐다.

하루를 마치고 나면 공허하고 외로움이 몰려오고 나는 왜 이런 감정을 계속해서 느끼며 살아야 하는지 의문스러웠던 것도 사라졌다. 할 일을 끝내고 집으로 와서 저녁을 먹고 내가 하고 싶은 일을 하다가 잠이 들곤 한다.

매일이 지옥 같고, 내일도 나에게 있어서는 형벌의 하루고, 미래라는 것도 끔찍하게만 느껴졌는데 지금은 다르다. 일주일 후가 기대되고, 한 달 후에는 무슨 일이 생길지 설렌다. 1년 후 3년 후, 그리고 10년 후 나의 삶은 어떻게 될지 가슴이 두근거린다.

무엇을 해야 할지 망설이고, 불안하고 초조해하며 시간을 보내던 날과는 달라졌다. 나는 내가 무엇을 좋아하는지 확실히 알고 있으며 내가 무엇을 해야 하는지도 잘 알고 있다. 무엇이 나를 행복하게 만드는지 잘 알고 있다.

일이 잘 안 풀린다고 해서 스트레스를 받고, 최악을 상상하던 지난날의 나는 없다. 일이 잘 안 풀리면 안 풀리는 대로, 잘되면 되는대로 그렇게 받아들인다. 극심한 스트레스를 받는 일도 거의 없다. 나와 맞지 않는 것은 멀리하면 그만이다. 일에 관계에 그렇게 에너지를 쏟지 않는다.

모든 사람에게 사랑받으려 애쓰지 않는다. 나는 타인이 나에게 관심이 없으면 그것이 전부 나의 탓이라고 생각했다. 내가 매력이 없어서라고 생각했다. 그리고 자책했다. 하지만 나에게 관심 있는 사람도 있고 없는 사람도 있다는 것을 안다. 나에게 관심 없는 것은 여러 가지 이유 때문이라는 것도 알고 있다. 나는 나에게 호의적인 사람들에게만 잘 대해주면 된다는 것을 알았다. 나와 관계를 이어가고 싶어 하는 사람들과 좋은 관계를 만들어 나가면 된다.

과거의 상처는 늘 나의 발목을 붙잡았다. 하지만 이제 더는 과거를 돌아보지 않는다. 어렸을 적에 받았던 상처는 이제 하나의 해프닝이 되었다. 그럴 수도 있는 일이 되었다. 아프지 않다. 상처 난 자국을 꾹꾹 눌러봐도 더는 쓰라리지 않다.

환경이 달라지지는 않았다. 경제적인 수준이 그렇게 발전하지는 않았다. 나는 평범한 소시민일 뿐이다. 주위에 사람이 많이 생긴 것도 아니고 나의 외모가 비약적으로 아름다워진 것도 아니다. 부모에게 물려받은 것들은 그대로다. 하지만 나는 달라졌다. 나는 더는 불행하지 않다. 행복하다. 이제는 우울하지 않다.

마지막으로

한 병원의 원장님이 이렇게 말씀하셨다.

"저에게 환자 한 분이 있는데, 그 환자분이 건물에서 뛰어내렸고 다행히 목숨을 건지셨지만, 평생 다리를 절게 됐어요."

최악이라고 생각했다. 안 그래도 우울한데 몸까지 불편해지다니 희망이 없어 보였다.

"그런데 그분이 치료를 받더니, 지금 너무 행복하다고 얘기를 하세요. 그때 자신이 왜 건물에서 뛰어내렸는지 이해되지 않는다고 웃으면서 말씀하셨어요."

그 의사가 나에게 그 이야기를 하는데, 나는 너무나 궁금했다. 그 환자분이 스스로 삶을 포기하셨다가 삶이 더 나아진 것도 아닌데, 심지어 다리를 지금 절고 하는데. 지금 삶이 즐겁다고 얘기 하게 된 비결이 뭘까? 어떤 변화가 있었을까?

너무 궁금했다. 그래서 나도 더 치료를 해봐야겠다고 생각을 하게 됐다.

이제야 그 사람의 기분을 좀 알 것 같다. 이제 내 눈에도 세상은 아름다워 보이고 삶은 감사함으로 채워져 있다는 생각을 하게 됐다. 왜 과거에는 그렇게 삶을 저주했던 걸까 하는 후회가 들고 아쉽다는 생각을 하기도 한다.

나는 내가 이 환자분의 이야기를 듣고, 끝까지 치료해보겠다고 마음먹은 것처럼… 내 이야기를 통해서 희망을 전달하고 싶었다.

지금도 우울증 때문에 힘들어하시는 분들, 혹은 삶에 대한 부정적인 생각으로 우울해하시는 분들에게 희망이 됐으면 좋겠다.